포레스트 웨일 공동 작가

우리의 2025년 새로운 시작

꿈꾸는 쟁이 | 이지헌 | 잔월 | 김원민 | 김예빈 | 사랑별 | 오렌지옴
조현민 | 문병열 | 숨이톡 | 강금주 | 최이서 | 장서진 | 이상현
김성환 | 신희연 | 안세진 | 솔트(saltloop) | 이소현 | 박지연 | 강서율
오투 | 최영준 | 김태은 | 달맞이꽃 | 한라노 | 사랑의 빛 | 0526
김채림(수풀) | 윤혜린(주변인) | lilylove | 한민진 | 이겸 | 미호
서리 | 무비 | 백현기 | 최유리 | 안정(安廷) | 새벽(Dawn) | 은지
태넛시 | 이무늬 | 김다인 | 아낌 | 박주은 | 윤현정

FOREST
WHALE

차례

필명	2025년	페이지

포레스트 웨일

공동 작가

2025년

나의 바램

다가오는 2025년에 내가 간절히 원하고 바라는 가장 큰 바램은
내 삶의 이유이고, 내 삶의 유일한 버팀목인 당신이 곧 나의 바램이에요

당신은 모르시겠죠...
당신이 제 곁에 오래오래 살아계셨으면 하는 게 저의 간절한 바램이라는 것을...

어느덧 당신의 나이가 많이 들고 아픈 곳이 많아질수록 언젠가부터 나도 모르는 사이 새해의 첫 번째 바램은 늘 당신이 내 곁에 있어주는 것이 저의 바램이 되었답니다

당신이 이 말을 들으면 쓸데없는 바램이라고 할지 모르겠지만, 저에게는 너무나도 간절한 바램이에요

왜냐하면 당신은 저를 살게 한 사람이고, 힘든 이 세상을 살아갈 수 하는 원동력이니까요

당신이 제 곁에 없었으면 지금의 저는 없었어요 아니 어쩌면 이 세상과 아주 오래전에 작별 인사를 했을 수도 있었으니까요

다시 한번 말하면 당신 없으면
제 삶의 버팀목이 사라지는 것이고
제가 살아갈 이유도 없어지는 것이니
다가오는 2025년에도 제 곁에 계속 있어 주세요
부디 나의 간절한 바램이 어딘가에 닿아
당신이 내 곁에 오래오래 있기를...

이공이오

도로 위의 시선 유도봉처럼
아주 적절하게 넓은 도로의 폭과
아주 적절하게 알맞은 방향으로
인도될 당신의 2025

우연히 현관문에 번호 키의
중간 기둥이 된 2025

한강에 지탱되어 있는
기둥처럼
굳건하고 단단하게
버텨온 당신의
새 발걸음이 될 2025

더 웃음이 많은 날을 위해
25가지보다도 더한 행복을
누릴 자격이 있는 2025

포레스트 웨일의
사랑에 힘입어
독자님들께
더 힘이 되고픈 2025

그리고 단단한 기둥이 되어
누군가의 아픔을 편히 기댈 수 있게
위로해 주고 싶은 2025

도로 위의 시선 유도봉처럼
아주 적절하게 넓은 도로의 폭과
아주 적절하게 알맞은 방향으로
인도될 당신의 2025

우연히 현관문에 번호 키의
중간 기둥이 된 2025

한강에 지탱되어 있는
기둥처럼
굳건하고 단단하게
버텨온 당신의
새 발걸음이 될 2025

더 웃음이 많은 날을 위해
25가지보다도 더한 행복을
누릴 자격이 있는 2025

포레스트 웨일의
사랑에 힘입어
독자님들께
더 힘이 되고픈 2025

그리고 단단한 기둥이 되어
누군가의 아픔을 편히 기댈 수 있게
위로해 주고 싶은 2025

18번째 마중

흰 눈이 쌓여 2024년을 덮는 날이면
가만히 너의 신호를 기다린다.

늘 그랬듯
넌 12월의 끝자락에서
새하얀 눈을 내려보내겠지

온 세상이 하얀 눈으로 덮일 때
온 세상이 네가 보낸 사랑을 받고
겨울밤, 반짝거리고 있을 때

나는 새까만 하늘을 바라보다가
네가 보내는 새하얀 사랑을 맞고

아, 네가 오려나 보다
들뜬 마음으로
빨간 목도리를 챙기고

코끝이 빨개진 너를 안아줄 상상을 하며
2025년, 18번째 마중을 나간다.

약령(弱齡)의 크리스마스

스무 번째 맞이하는 크리스마스는 비티아스 해연보
다 깊어서
과거를 가라앉히기 딱 좋다.
스무 살에 맞이하는 크리스마스는
에베레스트산보다 높아서
신년을 바라보기 딱 좋다.

스무 살에 바라보는 십이월 25일은
똬리 튼 푸른 뱀이다.
똬리를 풀면 저 푸른 하늘에 닿을까
툭툭 건드려본다.

신년의 자태는 참으로 난연하다.
그의 청아한 빛이 올해의 흔적을

거의 다 지워갈 때쯤
나의 스무 살은 덮어버리겠지.

스물한 번째 맞이하는 신년은
엿새 전 맞이했던 푸른 뱀을
그리게 하고, 그리워하게 한다.
스무 살에 바라본 십이월 25일은
똬리 튼 푸른 뱀이다.
똬리를 풀면 저 푸른 하늘에 닿을까
툭툭 건드려본다.

똬리를 푼 뱀은
하늘에 닿아 푸르게 만들 정도로
길고도 길었다.

성장

2024년의 나는 너무 많이 멈췄지만,
2025년엔 더 이상 기다리지 않을 거야.
새로운 시작을 향해 한 걸음씩 내디디며
두려움도 함께 걸어갈 거야.

2024년의 나는 많은 기회를 놓쳤지만,
2025년엔 다가오는 기회를 꼭 잡을 거야.
도전의 용기를 내어 나아가며,
새로운 길을 향해서 후회보다는 나아가야지.

2024년의 나는 지나치게 걱정했지만,
2025년엔 그 걱정을 떨쳐낼 거야.
자신감을 가지고 새로운 도전에 뛰어들며,
실패도 두려워하지 않으며 나아갈 거야.

2024년의 내가 꿈을 미뤘지만,
2025년엔 그 꿈을 향해 달려갈 거야.
새로운 시작을 위해,
후회보다는 성장하는 발자취로.

2024년의 나는 너무 많이 고민했지만,
2025년엔 더 이상 망설이지 않을 거야.
한 걸음씩 나아가며,
새로운 도전을 향해 달려갈 거야.

2024년의 내가 너무 많은 시간을 낭비했지만,
2025년엔 그 시간을 의미 있게 보낼 거야.
더 이상 지체하지 않으며,
꿈을 향해, 도전하는 삶을 살 거야.

당신을 믿어요

2025년은 당신의 해가 될 거예요

넘어지고 쓰러지고 굴곡진 인생 살았다
좌절하지 말아요

모든 시간들이 지금을 위해
당신을 만들고 연단시킨 시간들이니

이제 일어나 빛을 발해요

난 당신을 믿어요
반드시 인생 승리할 것을...

2025 새로운 시작

2　　이렇게 살든 저렇게 살든

0　　영원하지 않는 우리 인생이야

2　　이젠 남 눈치 보지 말고

5　　오롯이 너만을 위해 살아

새

로

운

시

작

은

네가 먹은 마음대로

2024년에서 2025년

너무나 바쁘게 흘러왔던
2024년의 수많은 하루들.
그 수많은 하루들을 되짚어보며
난 많은 눈물을 흘리곤 해.

아직도 많이 남은 것 같은
나의 2024년 그 하루들은,
이제는 한 부스러기의 추억들이 된 채,
내 곁을 떠나려 해.

2024년의 추억들은
곧 나를 뒤로한 채 저 멀리 떠나갈 테지.

이젠 나도 2024년을 뒤로한 채,
새로운 2025년을 맞이하려 해.

잘 가, 나의 2024년.
어서 와, 나의 2025년.

새로운 친구

어느 한 집에 '4'라는 친구가 살고 있었다. 4라는 친구는 곧 집을 떠난다고 다짐했다. 왜냐하면 '5'라는 친구가 오기 때문이다. 이 집은 일 년마다 계약할 수 있는 이러한 집이다. 얼마 뒤면 '4'라는 친구는 영영 보지 못하고 보내줘야만 한다. 이제는 '5'라는 친구가 어떻게 일 년을 보낼지 궁금하기도 하고 걱정도 된다. 과연 어떻게 지낼까?

잘 부탁해 2025년

2024년
아쉬움만 남는데도 괜찮다
완벽하지 않았어도 괜찮다

2025년
조금씩 조금씩 완벽한 하루들로
그 아쉬움을 채워가면 되니까

언젠가는 완벽해지기 마련이다
고마웠어 2024년, 잘 부탁해 2025년

중요한 페이지

하루하루가 모여
내 인생이 한 권의 책이 된다면

어느 페이지에는 즐거운 애기가
어느 페이지에는 슬픈 애기가 담기겠지

책이 완성된 후
한 장 한 장 넘기며 추억하다

밑줄 긋고 별표까지 할 수 있는
중요한 페이지로 가득 찬
2025년이 되었으면 좋겠어!

소확행 2025

값없이 받은 행복 너무 많아서
값없이 모두 주면 참 좋겠다.

잦은 눈물로 기도를 심고
자라는 사랑은 뿌려도 주며
나누는 기쁨이 큰 열매가 되는
다시 뜬 해를 보면 참 좋겠다.

하염없이 베풀기를 아끼지 않고
돌아오는 고마움을 잊지도 않는
잠시 머문 시련에도 뛰어넘어 선
단단한 해가 되면 참 좋겠다.

흔들리는 높은 마음 품지도 않고
떨어지는 눈물에도 두려움 없이
별거 없는 매일에도 감사만 있는
새지 않는 해가 되면 참 좋겠다.

적어서 부족해도 나눔을 알고
없어서 부족하면 채워도 주는
조금도 부족 없는 2025년이
따뜻한 해가 되면 참 좋겠다.

값없이 준 사랑이 너무 많아서
값있는 보석되면 참 좋겠다.

아침

아침 일찍부터 라디오 방송 소리가
전국에 울려 퍼집니다.

2025년 첫 아침을 맞이했다고,
앞으로도 행복한 나날을 기대하겠다고,
새해 복 많이 받으라며.

소리가 울려 퍼졌습니다.

새해이자, 2025년 첫 아침이기에
더 뜻깊은 날입니다.

라디오를 들으며
모두가 행복하길 소망합니다.

라디오를 들으며

모두가 새해 복 많이 받길 기원합니다.

한 해

새로운 한 해를 맞이했습니다.

작년 한 해도 무사히 보냈기에,
이번 한 해도 무사히 보내리라 믿습니다.

작년 한 해보다 행복하길 바라겠습니다.

새해

"새해 복 많이 받으세요."

모두가 한마음 한뜻 말합니다.

마치 짠 듯,
모두가 같은 말을 말합니다.

그래서 나도 말합니다.

"그대도 새해 복 많이 받으세요"

피고 지는 계절 속 2025년을 맞이하며

매년 새해가 되면 새로운 시작이 주는 기대와 희망으로 다짐과 계획들을 생각합니다.
"마음에 새싹 하나 심고, 꽃 피울 준비"

모든 것을 이루어 낼 것 같은 긍정의 에너지로
조금 더 멋진 사람이 되어 보고 싶다고
셀레이는 시작 2025년을 맞이해 봅니다.

1년을 마무리하며 가만히 돌아보면
감사했던 일들, 후회되는 일들, 또 나아가고자 했던
마음들이 교차 되며
더 감사했던 것들에 마음을 전해 보기도 하고,
새로운 계획들을 세우며 함께 하고자 하는
내 옆의 소중한 인연들을 더욱 사랑하게 되는 다짐의

시간이 됩니다.

바쁘게 달려온 지난해는 감사와 배움의 시간 들이었고 새로운 도전으로 인해 즐거움과 성공이 이라는 보람 이 함께 했습니다.
이런 감사와 배움, 보람의 시간을 지나오며 후회되는 것들은
후회를 되풀이하지 않기 위해 후회의 페이지 또한 나의 일부로 받아들이고
그 후회 하나에 '극복'이라는 간절한 소망을 담아 보기도 합니다.

2025년 새로운 시작 앞에
내 마음은 깨끗하게 유지가 되고 있는지?
나는 정도를 걷고 있는지?
내 생활의 크기는 적당한지?
현재와 미래의 계획은 잘 세우고 실천하고 있는지?
소중한 사람들과 잘 지내고 있는지? 이런 스스로의 질문을 던져봐요.

질문 앞에 새로운 다짐과 열망들로 내 마음을 깊이
들여다보며
큰 목표도 지금 내 앞의 작은 목표도 소중하게 여기며
삶의 여정에 보람을 하나씩 담아내면 좋겠다고 생각
했어요.

지나온 성과나 후회의 변화들은 나를 위한 성장이 되
어주길 바라고
풀어내야 할 숙제들은 더 풀어내 보며
과정에 있을 어려움도 나아갈 힘을 주는 소중한 사람
들과 함께 새로운 도전을 즐겁게 받아들이면 참 좋겠
다 싶었죠.

함께라면 고된 도전의 인생이 조금 더 예뻐 보이고
사랑으로 가까워질 테니까요.

또 다른 생각의 질문은
우리에게 시간이 주는 의미와 우리는 어느 방향을 향
해 나아가야 하는가? 예요.
이 질문의 긴 생각의 끝에 다 닿으면 인생은 '사랑의

삶'이며 '꿈을 향한 노력의 삶'이 아닌가? 그래서 내
가 만들어 가는 인생이 내 인생의 기품이 되고 자기
완성이라는 생각을 마주하게 돼요.

오늘을 그려가는 내 인생이
내가 하고 싶고, 내가 가고 싶은 길....
다시 오지 않을 시간 들을 내 옆의 소중한 인연들과
더욱더 특별한 시간 들로 만들어 가며 서로에게 지지
와 사랑이 가득한 한 해로 만들어 보는 거죠.

정답이 있지도 않고 있다고 해도 각자의 정답이 다른
인생의 뒤안길...
잘하고 있다고
올바르게 가고 있다고
다~ 괜찮아질 거라고 스스로에게, 서로에게 위안을
건네보면서 말이죠.

지나는 모든 순간에 감사하는 마음을 간직했고
두려움보다는 희망을 담으려 노력했고
내 안에 미움의 씨앗이 자라지 않기를

배려와 관용이 함께 하길 원했고
실패와 성공은 모든 성공으로 향해가는 성장의 과정
이라 생각했어요.
이런 생각들이 나를 더 강하게 만들어 줄 것이라 믿
으면서요.

2025년
새해를 맞이하는 이 순간
소중한 사람들과 함께
서서히 서로에게 물들어 마음이 닿듯
서로의 따뜻한 시간 속에 스며들어

긍정의 영향을 주고받는 의미 있는 시간 들로
배우고 성장하는 사람들과 어울리며 인연을 쌓아가고
마음에 화사한 햇살이 퍼지듯 다가오는 2025년 이길
소망해 봅니다.

자신만의 시간을 걷고 있는 멋진 모습의
인생의 방향을 찾아 인생 숲을 거니는 모든 분에게
이루고 싶은

인생의 꽃이 활짝 피어 꽃잎 흩날리는 아름다운 날이
올 거라는
2025년의 새해 희망을 건네보며

모든 시간이 사랑인 것만 같아서 그 따뜻함 속에 함
께 하는 계절 2025년이면 좋겠습니다.

반가운 손님을 만나고 싶어요

까치 까치설날은 어저께고요 우리 우리 설날은 오늘 이래요,

조용하고 적막한, 이제 막 발전하는 이곳, 그래도 조금씩 발전하고 있다. 주말의 커널웨이는 사람들이 제법 많은 모습에 절로 기분 좋은 웃음이 났다. 우리 가족도 그 여파에 끼어들었다. 토요일 저녁 맛있는 삼겹살집을 검색해서 가자고 하니 세 명의 공룡들이 신나 했다. 나는 토끼인데, 흑 사실 조용한 카페로 가서 커피와 작은 디저트 하나만 시켜놓고 글을 쓰고 싶었다. 그래도 새로운 경험도 중요하니 밤의 문화를 알아보러 함께 나가보았다. 지글지글 맛있는 돼지고기들의 희생이 시작되었다. 고기 옆 콩나물과 김치는 필수다. 밑반찬은 새콤한 장아찌 소스에 절인 무말랭이와 백김치 양파절임. 김치찌개 된장찌개, 그리고 남편이

시킨 멜젓까지 아주 상다리가 부러질 만큼 무거운 한 상이었다.

한 잔의 소주와 상큼한 환타와 콜라로 마무리가 완벽했다. 비록 나는 내가 좋아하는 커피 한 잔을 집 앞 oozy coffee에서 테이크아웃을 해야 했지만 말이다. 어차피 셋을 위해 희생을 하기로 마음먹어서 괜찮았다. 눈가가 휘어지는 세 사람을 보며 흐뭇한 웃음이 흘렀다. 행복한 토요일 밤이었다.

밤의 공기는 아침과 닮은 듯하지만 까만 어둠이 느껴져서 더 추운 느낌이었다. 그리고 절대 혼자서 다니는 사람이 없었다. 밤은 아침보다 어둡고 쓸쓸함이 느껴져서 그런 것일까? 혼자 다니기 좋아하는 나도 밤에는 잘나가지 않는다. 외로워서 나가지 않는 것은 아니다. 야맹증이 있다. 안경을 끼고 있음에도 불구하고 밤은 시야가 답답하게 느껴지더라.

사람들은 아침보다 더 많아서 구경하기는 좋지만, 선뜻 발걸음이 떨어지지 않는다. 그리고 까치도 밤엔 보이지 않는다. 반가운 손님은 아침에 온다는 뜻일까?

나는 아침형 인간에 최적화된 유형이다. 그런데 사실
요즘은 좀 지친다. 아침마다 아이들의 기침 소리가 알
람으로 울린다. 반갑지 않은 손님이 반가운 손님인 마
냥 떠나지 않고 아침마다 나에게 인사를 하는 기분이
랄까. 제발 이 손님은 떠나주면 좋겠다.

2024년은 아무래도 마음을 비우고 있어야 할 것 같
다. 부처님으로 빙의해 그냥 오래된 손님부터 방을 비
워주길 기다리며, 2025년에는 정말 반가운 손님을 만
난다고 생각하며 건강한 몸과 마음을 어루만진다.

올해 마지막까지 바이러스에 잘 버티며 반가운 손님
과 웃으며 인사할 수 있는 강한 나를 만들기 위해 나
는 오늘도 차가워진 공기를 느끼며 걸어간다. 꾸준한
걷기 운동. 그것이 나의 최고의 방어이다. 만나서 반
가운 오늘을 마주한다. 비록 시작은 힘든 날이지만 해
가 지고 달이 뜨면 수고했다는 토닥임으로 마무리 지
을 테다. 내일은 오늘보다 더 좋은 날이 올 거라 마음

을 달래며 말이다.

은혜 갚은 까치 이야기가 휙 스친다. 늘 먼저 인사해 주시는 버스 기사님과 추운 날 미지근한 물을 건네주시는 음식점 이모님 환히 웃으며 응대해 주는 카페에서 일하시는 분들, 얼어붙은 거리를 안전하게 제설 작업을 해주신 분들, 세상의 모든 분들에게 까치가 되어 날아가고 싶다. 복주머니를 직접 하나씩 전달해 주며 새해도 따뜻한 사람으로 남아 있어 달라고 부탁하고 싶다. 점점 더 추워지는 겨울의 중심을 뚫고 지나가며 나는 오늘도 걷는다. 쓴다. 귀에서는 좋아하는 노래가 흐른다. 한 권의 책을 넘겨 한 장이라도 읽어본다.

모두가 바쁘고 할 일이 많은 세상인 것은 확실하다. 하지만, 시간은 분명 나눠서 쓸 수 있다. 나는 시간의 흐름에 따라 흘러가더라도 적어도 그 짧은 시간을 놓치진 않고 싶다. 나에게 주어진 이 소중한 오늘이라는 시간을 감사하는 마음으로 살아가야지.

한 살 더 먹는다는 것은

1984년 아직 마흔한 살, 곧 마흔두 살이 되겠지. 난 늘 우긴다. 생일이 오기 전까지는 한 살 더 먹은 것이 아니라고. 내 생일은 6월 16일. 여름에 태어난 아이다. 그럼 여름이 더 좋아야 하는데, 여름보다 겨울을 좋아한다. 그래서 겨울의 차가운 공기와 한 번씩 내리는 하얀 눈에 그저 설렘과 기쁨에 발을 동동 굴리며 아이처럼 행복해한다. 나는 수많은 시간이 흘러도 여전히 내 마음을 치유해 주는 하얗고 가벼운 눈발을 사랑할 것이다.

그럼에도 불구하고 어른이라는 두 글자를 상실해서는 안 된다. 조금 더 생을 오래 살아왔다. 무엇이 잘못되고 무엇이 올바른 것을 알려줘야 한다. 아이들은 아직 때 묻지 않았다. 순수하고 솔직하다. 그런 아이들에게 바른 어린이가 되길 위해 늘 마음과 머리를 잘 비우고 다시 잘 채워놓는다.

빈 수레가 요란하다가 아니라 빈 수레는 가볍다. 늘 채워놓으려는 어른들에 비해 아이들은 무거운 것을 잘 비워낸다. 또래 아이와 싸워도, 엄마 아빠의 꾸중을 들어도 딱 그때만 흥! 하고 잠깐 잠깐 기분 나쁨을 표현한다. 나쁜 감정을 잘 지운다. 아이들에게 배워야 할 것도 많은 시대이다. 내가 쓰는 글도 아이들에게 읽어준다. 그러면 더 솔직하고 더 예쁜 단어로 바꿔주기도 한다. 글을 쓰다 보면 나도 모르게 함축적인 한문을 쓸 때가 있다. 그런 것을 한글로 바꾸어주는 역할도 아이들이 해준다. 책을 읽다 보면, 잘 읽히는 책은 자연스럽고 쉬운 문장들이다.

나 역시 쉽고 자연스러운 따뜻한 보리차 같은 글을 쓰고 싶다. 그러기 위해서는 쓴 글을 지우고 비워야 할 때도 많다. 아닌 것은 아니다. 고쳐야 할 것을 수정한다. 아이들의 앞에 서서 먼저 걸어가는 내가 해야 할 것은 내 고집을 내세우는 것이 아니다. 함께 걸어가며 눈 맞추며 다양한 체험을 하고 이야기를 나누자. 신체 나이가 한 살 더 많아지더라도 마음 나이는 1살 줄어들길 노력해 본다.

나의 취미가 글쓰기와 노래 듣기 위주라면, 아이들은 말하기와 만들기 게임이다.
어울리지 않는 듯하지만 어쩌면 이 모든 것은 예술이라는 두 글자에 소속된다. 시간은 빨리 흐르고 아이들의 나이도 순식간에 어른의 나이로 바뀌겠지만 개의치 않겠다.

꾸준히 노력할 거니까. 마음의 문도 방문도 쾅 닫는 일 없이. 부드럽게 진심으로 어른이 아니라 인간 대 인간으로 아이들을 존중하고 살 것이다.

철없이 놀고 싶은 것은, 한 살 더 먹는 아이들과 나나 모두 같은 공통점이다. 나는 철없이 열 살 어린 국내 밴드 데이식스를 좋아하고 말았다. 이 나이 먹고 다시 사랑에 빠지게 될 줄은 몰랐는데 말이다. 아이들이 듣기에도 좋은 노래들이다. 마음껏 공유하고 같이 노래

부르며 곧 다가올 겨울방학을 즐겨야지. 행복한 겨울방학 아이들만을 위한 놀라운 쇼를 보여줘야지.

KTX를 이용해서 어디로 갈 것인지 12월 31일 가족회의를 해야지. 그리고 새해 다짐도 발표해 보면 올해 마무리는 더 뜻깊고 뿌듯하게! 13살이 되는 아이들의 독립을 위해 프로젝트도 짜야지. 이제는 엄마가 없어도 할 수 있는 너희들이 되면 좋겠다. 한 살 더 먹어도 나를 사랑해 준다면 기꺼이 옆에 있어 줄게. 그러나 이젠 좀 엄마를 밀어내 주면 좋겠다.하하.

새로운 우리의 내일을 꿈꾸며

"보민아, 2025년이 되면, 아니다, 네가 13살 되면 뭐 하고 싶어?"

"이사"

"어디로?"

"이층집"

"아~ 주택을 말하는 거야?"

"네~!"

느리게 자라고 있는 둘째 아이와 나눈 대화이다. 일반 적으로 크고 있는 쌍둥이 형, 남편, 나 우리 넷은 아파 트에 살고 있다. 내 평생 아파트를 벗어난 적이 없다. 주택이라고 하면 기억나는 것은 어릴 적 할머니가 계 시던 집이 생각난다. 틈 사이 바람도 들어오고 추웠지 만 제일 꼭대기에 있는 비밀의 방. 그곳은 매우 좁지만 내가 가장 좋아하는 곳이었다.

그런 곳에서 새로운 시작을 한다면 과연 얼마나 많이 달라지는 인생이 될까?

아서라. 지금 있는 공간을 정리하자. 버릴 것 버리고 깨끗하게 청소하고 나면 주택과 비교할 만큼 넓은 집이 된다. 그럼에도 불구하고 욕심이라는 두 글자는 잘도 자란다.

나는 새싹으로 자라고 있는 작은 욕심을 쏙 뽑아서 적당한 보상으로 대체하고 지금 있는 시간에 머무르며 읽고 쓰고 듣고 말한다. 그리고 늘 새로운 시작을 위해 도전을 해본다.

익숙한 곳으로만 가던 습관을 바꾸어 이제 일부러라도 가보지 않은 곳으로 들어가 본다. 또 다른 길을 검색해서 마치 콜럼버스에 빙의한 듯 새로운 길을 개척한다. 익숙했던 그 옛길은 기억 속 서랍장에 잠시 넣어둔다.

늘 먹던 스파게티를 먹지 않고 들기름 묵은 지 김치 파스타를 먹어보고, 크림치즈 짬뽕 파스타도 먹어보았다. 색다른 맛에 새로운 미각의 혓바늘이 돋아난 기분이었다. 남은 2024년에서도 새로운 시작을 할 수도 있지만 이제는 마무리를 할 시간이다.

현재의 삶을 정리하고 버릴 것은 버리며 마치 나비가 날개를 달기 전 번데기의 모습인 양 나는 그 속에서 날 준비를 한다. 계획을 세우고 어떤 날개를 달고 어디로 날아갈 것인가 구상한다. 이토록 완벽하게 준비하는 것이 나의 기질이다.

그런데 이젠 이 기질도 바꾸고 싶어 안달이 난 상태이다. 기질은 바뀌지 않는다는 말을 이겨내 보고 싶은 이상한 승부욕이 불쑥 올라왔다. 꾹 참으며 살아왔던 나인데 이제는 슬슬 담아두지 않고 솔직하게 말하고 산다. 이것도 나의 또 다른 시작으로 생각해도 될까?

2025년은 내 아이들이 13살이 된다. 6학년, 새로운 시작. 또는 초등학교 마지막 학년이 된다. 그 시작과 끝에서 나는 어떤 행동과 언어를 알려줘야 할까? 이미 5학년에 접어들며 사춘기 시작과 함께 몸도 마음도 힘들어하더라. 지금은 잠시 괜찮아졌지만, 끝까지 긴장을 놓으면 안 된다. 꾸준한 아이들과의 소통, 더불어 학년 대표라는 이름으로 학교 봉사도 잊지 않는다.

새 학기. 그 시작에 필요한 것은 새 책, 새 가방, 새 필통, 새 옷, 새 신발. 모든 것이 새라는 한 글자로 도배가 된다. 그러나 정말 필요한 것은 새로운 물건이나 옷이 아닌, 새롭게 정리된 내 마음이 필요하다. 달라진 선생님, 몇몇의 새 친구들과 적응하는 시간은 내 마음이 새롭게 바뀌지 않는다면 너무도 힘든 시간이 된다. 새 학기에 아이의 마음이 흔들린다면 새로운 무언가로 위로 하기보다는 부모의 잘 익은 따뜻한 마음을 꺼내어 아이에게 건네주면 좋겠다.

모두에게 늘 새로운 날이 시작되는 내일이라는 단어가 있다. "우리에게 내일은 없다" 영화 제목이다. 꿈을 잃고 싶지 않으려는 기수와 하루빨리 현실에서 벗어나고 싶어서 열심히 일하는 종대. 그들에게 내일은

우리의 2025년 새로운 시작

올까? 나는 이 영화를 보았다. 엔딩이 잘 기억나지 않지만, 밝은 영화로 기억되지 않는다.

내일의 태양은 반드시 떠오르지만, 우리에게 내일이란 단어가 어떤 느낌일까? 사람마다 다른 내일의 무게는 나에게도 가볍지만은 않다. 그래도 소망한다. 오늘의 나보다 내일의 나의 모습이 더 발전되길. 또는, 그저 오늘처럼만 무탈하길!

마음의 자세

매년 해가 바뀌고 거듭될 때마다
새로운 다짐을 하면서 올해는
작년과는 다를 거라고 마음먹지만
어김없이 연말이 다가오면
쓸쓸한 마음이 드는 건 왜일까
단순히 한 살이 더 늘어나서 그런지
다시는 돌아오지 않을 그 시간에
아쉬움이 남아서 그런 건지
공허한 마음을 가지고 있는 채로
새로운 해가 다가온다

언제쯤이 되어서야 이번엔
최선을 다했으니 이만하면 됐다고
나에게 말을 해줄 수 있을까

문득 그런 생각이 들었지만

그래도 새로운 마음가짐으로

다시 새해를 시작해 보려 한다.

2025년 행복한 새해

2025년 올해에는 항상 좋은 일들만 가득한 날이 됐으면 한다.

모든 힘든 일 아픈 일 우울한 일들 모두 잊고 새해에는 늘 웃는 일 행복한 일들만 생겨나기를 항상 두 손 모아 작은 마음으로 빌어본다 나의 지인 친구 동생들이 늘 작은 마음으로 영적인 생각으로 늘 빌어보고 항상 기도하고 있다.

작년에는 힘들고 짜증 나는 일들이 많은 세상이었지만 2025년 올해에는 항상 건강하고 아픈 소식들이 없는 일들만 가득가득 일어나기를 난 항상 하늘을 바라보며 소원을 품어 보며 살아가고 있다.

진정한 마음으로 늘 소망하며 그 꿈들을 품으며 살아가는 것이 큰 꿈이며 나의 목표이다!!

2025년 마음의 한마디

올해를 살아가면서 가장하고 싶었던 일들이 있는가?
올해는 무엇을 하며 살아가야할지 고민이 되는가?
마음속에 있는 꿈과 열정을 꽃피워 보기를 바란다.
내가 지금 이 순간에 무엇을 해야 하는지 지금 가장
무엇을 해야 행복한지? 친구들과 있는 것이 행복한지
가족들과 있는 것이 행복한지 아니면 종교가 있다면
그 종교 안에서 행복한 삶을 살고 있는지? 지금 살고
있는 삶이 행복한 삶인지 다시 한번 마음속에서 깊이
생각하며 행복의 불꽃이 죽어있는지 아니면 살아서
불타고 있는지 되돌아보는 올해가 되어보자.
지금이 가장 나에게 있어 힘이 되어주고 사랑이 되어
주는 사람들에게 어떻게 베풀고 있는지 사랑으로 돌
려주고 있는지 기억하며 기도하며 그 사람들에게 어
떻게 하면 더욱 좋은 인연으로 상생하며 살아갈 수

있는지 전화를 하든 카톡으로 하든 마음에 있는 사랑
을 실천해 봅시다

2025년 시작하기

여유로운 올해 나에게 있어 2025년을 어떻게 시작해야 여유롭고 풍요롭게 살아갈 수 있는가 내 안에 있는 욕심들을 내려놓고 정직한 마음으로 하늘을 바라보며 내 생각과 욕심들을 다시 한번 내려놓고 살아갈 수 있기를 기도하며 소원해본다

시간들에게

빨리 지나가 버렸으면 했던 시간들에게
사과한다.
무엇도 하지 못하는 나는 뒤로하고
우주가 멈춘 듯 불행으로 여겨
남는 시간으로 묶어버린 걸 사과한다.
누군갈 깊이 사랑하면 저절로 알게 되는
경이로움 앞에 서니
느린 시간들을, 더딘 시간들을
흘러가라 기도했던 걸 후회한다
요원한 행복 같아서
한 날을, 달을, 일 년을, 수많은 시간을
처연하게 보낸 걸 후회한다.
갈음할 수 없는 사랑을 마주하니
떠나가라 기도했던 시간들에게 사과한다

우주가 멈춘 듯 행복한 찰나도 있다는 걸
사랑을 하고서야 알았다.
느리게 붙잡고 싶은 시간들에게
기도한다.
무얼 해도 찰나의 순간이 되는 행복 앞에서
감히 영원을 노래하는 간절함을 담는다.
순간들이 느리게, 더디게
흘러가길 기도한다.

새로운 시작의 문턱에서

첫눈처럼 내리는 시간 속에
나는 다시 서 있네
2025년, 새로운 시간의 문턱에서
달력을 넘기는 손끝에
설렘이 묻어나고
창밖의 겨울바람도
새해의 멜로디를 연주하네
지난날의 아쉬움은
눈처럼 녹아들고
새로운 희망이
따스한 햇살처럼 피어나네
어제의 걱정들은
새벽안개처럼 사라지고
내일의 꿈들이
새싹처럼 돋아나네

시곗바늘이 가리키는

새로운 시간 속에서

나는 다시 한번

용기를 내어 걸어가려 해

때론 힘들고 지칠 때도

있겠지만

서로의 손을 잡고

함께 나아가는 우리가 있잖아

2025년의 하늘 아래

우리 모두의 작은 소망들이

반짝이는 별이 되어

밤하늘을 수놓기를

새해 첫 아침

떠오르는 태양처럼

우리의 마음도

따스하게 빛나기를

지금 이 순간

새로운 시작 앞에 서서

나는 작은 기도를 올리네

우리 모두의 행복을 위해

2025년 희망의 새로운 시간

항상 새로운 시작은 어제의 시간에 대한 그리움과 아쉬움을 뒤로한 채 다가오는 것들에 대한 기대로 채워지게 된다. 2025년, 새로운 희망의 문턱에서 시간은 참 묘하다. 우리가 아무리 붙잡으려 해도 손가락 사이로 모래알처럼 빠져나가 버리고, 때로는 더디게 흐르는 것 같다가도 어느새 훌쩍 지나가 버린다. 2025년이라는 새로운 해를 맞이하며, 나는 이 시간의 흐름 속에서 우리가 어디로 향해 가고 있는지 생각해 본다. 지난 몇 년간 우리는 예상치 못한 변화의 소용돌이 속에서 살아왔다. 팬데믹이 우리의 일상을 완전히 뒤바꿔놓았고, 기술의 발전은 우리 삶의 방식을 근본적으로 변화시켰다. 이제 2025년을 마주하며, 우리는 또 다른 변화의 문턱에 서 있다. 인공지능은 더욱 발전하여 우리의 일상 곳곳에 스며들었고, 환경 문제는 더욱 시급한 과제가 되었으며, 세계는 끊임없이 새로운 도전과 기회를 마주하고 있다. 경제는 침체의 늪에 빠져 있고 서민경제는 더욱 각박해지고 있다. 정치는 안개 속에 소용돌이가 치고 있다. 대통령의 계엄령으로 시작된 탄핵정국은 연일 충격적인 소식들로 인해서 뉴스를 보기가 쉽지 않다. 오늘 뉴스를 보니 대통령 대행인 국무총리까지 탄핵이 된 상황이다. 정치는 민생은 안중에도 없고 자신들의 정치적인 당리당략에 의해서 전개되어지고 있다. 내년에도 우리의 삶이 나아질 거라는 기대를 가지기가 쉽지 않다. 이런 상황 속에서도 우리의 삶은 지속되고 각자의 인생을 살아가야 하지 않을까 싶다.

하지만 이런 거대한 변화의 물결 속에서도, 우리 각자의 작은 일상은 여전히 소중하게 이어진다. 아침에 일어나 창밖으로 보이는 하늘의 색깔, 출근길에 마주치는 이웃의 미소, 퇴근 후 집에서 맡는 저녁 식사의 향기. 이런 소소한 순간들이 모여 우리의 2025년을 만들어갈 것이다.

특히 2025년은 우리에게 더욱 특별한 의미를 가질 것 같다. 디지털 전환이 가속화되면서, 우리는 더욱 편리하고 효율적인 삶을 살게 될 것이다. 하지만 동시에 우리는 인간다움의 가치를 더욱 소중히 여기게 될 것이다. 기계가 대체할 수 없는 따뜻한 감성, 창의성, 공감 능력이 더욱 빛을 발하는 한 해가 될 것이다.

개인적으로 나는 2025년을 '균형의 해'로 만들고 싶다. 디지털과 아날로그의 균형, 일과 삶의 균형, 성장과 안정의 균형을 찾아가는 여정이 될 것이다. 때로는 빠르게 달려가되 때로는 천천히 걸으며, 미래를 바라보되 현재를 놓치지 않는 지혜가 필요할 것이다.

우리는 이미 많은 것을 겪어왔고, 그 과정에서 놀라운 회복력과 적응력을 보여주었다. 2025년 역시 새로운 도전과 변화가 있겠지만, 우리는 이를 현명하게 헤쳐 나갈 수 있을 것이다. 중요한 것은 우리가 서로를 이해하고 배려하며, 함께 성장하려는 마음가짐을 잃지 않는 것이다.

어쩌면 2025년은 우리에게 더 나은 미래를 만들어갈 수 있는 기회가 될 것이다. 환경을 더 생각하고, 서로를 더 이해하며, 새로운 가능성을 향해 한 걸음씩 나아가는 해가 될 것이다. 물론 쉽지 않은 길이겠지만, 우리는 함께라면 어떤 어려움도 극복할 수 있을 것이다.

이제 2025년의 문을 열며, 나는 작은 희망을 가슴에 품는다. 우리 모두가 각자의 자리에서 최선을 다하면서도, 서로를 돌아볼 수 있는 여유를 가질 수 있기를. 기술의 발전이 인간의 가치를 더욱 빛나게 할 수 있기를. 그리고 무엇보다, 우리 모두가 조금 더 행복하고 평화로운 삶을 살아갈 수 있기를 바란다.

2025년은 우리 모두에게 특별한 한 해가 될 것이다. 새로운 도전과 기회가 기다리고 있겠지만, 우리는 이미 충분히 강하고 현명하다. 함께 힘을 모아 더 나은 미래를 향해 나아가는 멋진 여정이 되기를 기대한다. 이제 우리는 2025년이라는 새로운 장을 열어볼 준비가 되었다.

푸른 뱀

푸른 뱀이 똬리를 튼다
어떤 이는 피부에 닿기까지 모르고 있다
어떤 이는 끝까지 눈을 마주치고 경계한다
또 어떤 이는 덥석 모가지부터 잡는다

누가 지혜로우며 누가 통찰이 있는가

뱃속이든 코앞이든
또 어떤 치열한 전투를 치렀든지
뱀을 발견한 순간부터 우리는 이미 삼켜졌다

현실을 부정하고 소화를 기다리는 이
정체불명의 공간에서 벗어나고자 애쓰는 이
보이는 것을 이해하고 탐구하는 이

있는 그대로를 인정하고 예비하는 이

같은 공간에서 여러 가지 색을 띠어도
아무도 알아볼 수 없다

푸른 뱀이 다시 입을 쩌억 벌린다
빛이 비친다
이제서야 색이 명확해진다

각자의 역할로 돌아간다

을사랑(乙巳愛)

을사랑은 한없이 가벼웁다
값진 것은 나누기 때문이다

을사랑은 겸손하다
값을 줄만 알기 때문이다

을사랑은 평화롭다
갑주도 무장해제 시킨다

을사랑은 공의롭다
갑과 을의 본래 모양이 수평임을
을사랑은 자신을 통해
값없이 보여준다

마음만은 20이오

코로나 시절 스무 살.
통금 10시에 술 한 번 마셔보겠다고
편의점에 가서 민증을 이마에 당당히 들이밀고
첫술을 샀더랬다.
그런 내가 엊그저께 같은데,
벌써 몇 해가 흘렀다.

스무 살의 한복판에서
어른이 된 기분에 도취했던 그때가 무색하게
지금의 나는 20대 안에서도
점점 나이를 먹어가고 있음을 느끼곤 한다.
요즘엔 시간이 가는 게 왠지 두렵기까지 하다.

고등학생 때는 성인이 되면 희망 진로 종이에
거침없이 써 내려가는 멋있는 사람이 될 거라 생각했
는데.
현실은 고등학생 때보다 그 종이를 더 꼴 보기 싫은
사람이 되어있다.

무엇을 도전할 때마다
갓 스무 살이 된 친구들과의 차이가
점점 벌어지는 듯하여
왠지 모르게 주춤거리게 된다.
나이는 숫자에 불과하다지만,
숫자가 주는 압박은 피할 수가 없다.

그깟 나이가 뭐라고.
스무 살, 모르는 사람에게 내 이마빡을 훤히 보여주며
술을 사던 그 위풍당당함은 어디로 갔는지.

그래도 마음만은 스물이오
2025년도에는 그 집 나간 위풍당당함을
다시 찾아 나설 수 있기를.

1년 계획

1월 1일 아침 새벽의
향기로 눈을 뜨고

따뜻한 커피로 잠을 떨치고 구름처럼
가볍게 새털처럼

그림을 그려본다
1년의 하얀 도화지 위에
파스텔 섞어 보기도 하고
때론 먹구름이 그려지기도 하고
소낙비가 갑자기 내려

마저 그림을 다 완성할 수 없을지 모르지만

봄이 오면 여름의 그림을
그리듯 가을이 오면 겨울의 그림을 준비해

2025년 어떤 색상의 그림이던지
너와 함께라 맘껏 그려 볼게.

즐거운 상상의 그림으로
붓에 점을 찍어 보고
붓을 던져보기도 하고

12월 31일 하트 점으로
장식하는 날까지
새해 눈을 떠봐
행복한 상상으로

새해

해가 떠오릅니다
수평선 너머에 붉은빛이 떠올라
내일을 시작하려 하네요

오늘 바라보는 해는 다르게 느껴집니다
작년에 근심은 모두 푸른 바다의 파도에 일그러지고
웃음 지을 일이 늘어나길 바랍니다

또다시 한 해를 시작하며

한 번 더 열심히 살아봅시다
우리

새해에는 뭐하지?

새해가 다가온다
이번 연도에는 뭐하지?

가족들이 자동차 면허를 따라고 한다
서점에서 일단 문제집부터 사야지

아차 시험치고 대학 준비한다고 소설 쓰는 걸 오래
쉬었었네?
서둘러 시작해야지

사회 경험을 좀 쌓아야 할 것 같다
알바 앱 깔아서 알바 시작해야지

아! 이제 곧 고등학교 졸업식이었지
선생님들과 친구, 후배들한테 못 해주었던 말 전해야지

또 뭐가 있더라?
피 끓는 이십 대인데 뭘 더 해야 좋을까?

어느 연시의 파티

영원히 오지 않기를 바라
허락하지 않았던 시간이
문을 두드린 건 다섯 번

달콤하지 않을 자신 너머
손님의 행방이 궁금해져
열어버린 문 사이로 들어오는
뱀, 다섯의 얼어버린 선물

묻힌 지 오래인 연못처럼
얼어버린 입 사이를 지나는
혓바닥은 창백한 선홍색

성냥과 바구니를 가져와
피운 불 옆을 둘러싸는
입김만이 서렸던 선물들
속으로 스미는 불꽃은
꽃잎 한 장이자 혓바닥

없었던 자신이 녹음을 아는 듯
배달부들은 제 턱을 무릎에 괸다
잉걸불 주변을 오구오구 소리는
돌며 날름대는 혓바닥에 내린다

새해를 기다리며

어느덧 한 해의 마지막을 알리듯이 온 하늘은
노을의 잔상으로 붉게 물들고, 희미하게 떠오르던 달
의 윤곽은 서서히 진해진다. 차갑기만 한 12월의 공기
는 아쉬운 듯 미련 남은 채 허공을 떠돌고,
다가오는 다음 해를 기다리던 산들바람은 이내 잠에
서 깨어나 동네를 휘감는다. 자정이 다 되어가는 늦은
시간이지만 곧 맞이할 새해를 위해 집마다 노란 전등
이 꺼지질 않으니 마치 2025년만을 위한 고요한 등불
축제처럼 느껴지지 않는가?

눈사람 생일파티

2025년엔
눈이나 펑펑 내렸으면 하는 마음이에요
2살 된 눈사람을 보고 싶거든요

녹아내리는 그 절망을
깊이 공감하기에

축하받지도 못하고 떠나가는 존재에게
작은 불꽃이라도 불어주고 싶어요

꽃바람 불어오는 날까지 버틸 수는 없겠죠
저 작은 눈덩이에게
가혹한 운명을 건네준
따뜻한 겨울이 미워지네요

작별의 표정을 지어주는 것은
제 몫인 거죠

노란 단추 두 개 뜯어다
눈을 꿰고

벚나무 가지 꺾어다
코를 긋고

자 이게
100일 밤 힘겹게 세우고 나면
오는 계절이란다

이러면 하룻밤이라도 더 살아있을까
힘겹게 버티며 내년 오늘날까지 있을까
생일 케이크에 꽂힌 초가 하나 더 늘어나 있을까

열 바도 못 새고 울고 있는 얼굴 보고
나도 펑펑 울고만 싶어지는 마음
이번엔 조금 다르려나 했네요

13월 1일

청춘이라 이름 짓고
푸름에 허우적대던
365일의 시간
놓으려야 놓지 못했던
선명해서 아팠던
그 시간들은
13월 1일이 되어서야
단숨에 놓아진다

커다란 함성 소리가
13월 1일을 맞이하고
열두 달의 순환에 익숙해진
우리에겐 한없이 어색한 날이
눈 깜짝할 새 지나간다

새해에 울리는 종은

우리 모두의 기합

한숨이 모여 하늘은 잿빛이지만

한 번 토해내면 단숨에 맑아지듯

우렁찬 기합 한 번에

모든 걸 털어내고

길었던 한 해를 떠나보낸다

우리의 2025년 새로운 시작

2025, 네가 오는 날

모두가 숨죽인 깊은 밤.
두근두근, 설레고 긴장되는 꿈을 꾸었다.

울퉁불퉁 굽은 길을 가다가
혼자 걸어갈 용기를 잃었을 때
등에 메고 있던 지팡이가 생각났다.

나는 반가운 마음에 얼른 지팡이를 손에 잡았다.
지팡이에 힘을 실어 나란히 한 걸음씩 걷기 시작했을 때
비로소 내가 가야 할 앞길의 방향을 볼 수 있었다.

보이지 않는 어디에선가 힘찬 소리가 들려왔다.

"사람아, 너는 혼자가 아니야"
"사방으로 우겨 싸임을 당했을 때 위를 봐"
"너를 위해 하늘은 언제나 열려 있어"
비로소 내 위에 있는 푸른 하늘을 볼 수 있었다.

땅끝 붉은 노을에 양손 흔들며 인사하고 돌아서니,
저 멀리 동쪽 하늘에서 뜨거운 태양이 떠올라 내게
말을 걸어왔다.

"이 세상이 아무리 넓어도 온 땅을 밝히는 태양은 하
나야"
"그 세상 속에 바로 네가 있어"
"태양은 오늘도 너를 위해 뜨고 너를 향해 빛나고 있어"
비로소 오롯이 나로 빛나는 존재로서의 가치를 볼 수
있었다.

꽉 쥐어 잡은 손이 제법 힘들었지만 놓기 싫었다.
맞잡은 지팡이 덕분에 걸어갈 힘이 났으니까.

나는 꿈 속에서 어깨 뽕이 올라갔다.
새벽녘 꿈에서 깨고도 내 어깨 뽕은 슬쩍 올라가 있
었다.

잡고 있던 지팡이가 계속 생각났다.
길을 찾고, 하늘을 보고, 빛나는 나를 알아보게 해준
덕분에
나의 오늘이 한 뼘 크게 자랐다.

2025, 그렇게 네가 오는 날이다.

2025

그대는 내게
분홍빛 벚꽃길을 걷게 하는
설렘의 봄이고

그대는 내게
초록빛 바람결을 춤추게 하는
시원함의 여름이고

그대는 내게
샛노란 황금 들판을 나누게하는
풍성함의 가을이고

그대는 내게
새하얀 눈송이를 안겨주는

포근함의 겨울이다

그대가 나를 기다린다
고요함을 강인하다 응원하며
묵묵함을 온유하다 격려하며

내가 그대를 기다린다
주어진 오늘을 살아내며
새로운 시작을 기대하며

2025 그대는 내게
평범한 오늘이고
비범한 내일이다

포레스트 웨일

공동 작가

새로운 시작

꿈을 향한 새로운 시작

괴로움만이 존재했다
두려움만이 존재했다
슬픔만이 존재했다

그런 나였다

나는 행복을 원했다
나는 사랑을 원했다
나는 꿈을 꾸길 원했다

그런 나였다

그런 나 지금 새로이 시작하니
행복을 쟁취할 것이다

사랑을 쟁취할 것이다
꿈을 쟁취할 것이다

지금 나 여기서 새로운 시작을
시작한다

누군가의 새출발을 응원하며

누군가는 초등학생을
누군가는 중학생을
누군가는 고등학생을
누군가는 대학생을
누군가는 직장을
새롭게 시작한다

나 역시 새로운 시작을 한다

그렇기에 새로운 시작을 한다면
두렵다는 것을 안다

걱정 마라 너 자신이 응원한다
걱정 마라 부모님이 응원한다

걱정 마라 친구가 응원한다

그러니 두려움에 날개를 떨지 마라
그러니 즐거움에 날개를 펼쳐라

그렇게 날개를 펼쳐서
하늘을 자유로이 날아라

당신의 2025년이
행복할 수밖에 없는 이유

소리 없는 고통의 끝과

고단했던 끝자락

입술 말의 결실인

새로운 새해가 왔네요.

새로운 길을 맞이한다는 것 또한

힘듦의 결말의 결실이고

그 맞이함 뒤에 있었을

그동안 당신이 짊어졌던 마음의 짐에 위로를 드려요.

시작이라는 책임보다 무거운 책임은

끝맺음의 책임이라고 생각합니다.

이 새해를 맞이하는 당신은
이 두 가지를 모두 지키고 보전을 해온
소중하고 강인한 존재입니다.

슬픈 이야기 끝에 해피엔딩이 찾아오듯이
당신의 2025년은 지금까지 보지 못했던
최고의 한 해가 되실 겁니다.

2024년 도 강인하게 버텨주신 당신,

2025년에는 더 단단하고 행복해져 있을 겁니다.

우리의 2025년 새로운 시작

당신의 2025년이
행복할 수밖에 없는 이유 2

수없이 힘들고 고된 지난 일 년을
잘 견뎌냈기에

욕심을 눈앞에 두고도
포기할 용기가 있었기에

새로운 일자리를 구하기 위해
열심히 작성하고 지원하였기에

그 주어진 자리가 단기간이든 장기간은
끝을 알 수 없었던 주어진 시간을 버텨냈기에

살면서 들어본 적도 없는
쓴 말을 들었음에도 버텨왔기에

입에 담지 못할 만큼 힘들었지만
그 힘듦 또한 견뎌냈기에

포기하고 또 포기하고 싶었지만
포기하면 안 되는 이유로 견뎌냈기에

당신의 2025년에 진심으로 응원합니다.

우리의 2025년 새로운 시작

걱정없이 사는 법

마음에 행복을 심고
어제와 오늘이 어우러져
더 나은
내일을 생각하자

그날그날의 일상 속

나를 눈 뜨게 했던
너의 관심이
만개한 웃음꽃으로 채워진
나로 살게 해줬어
그날그날의 일상 속
내 앞에 놓여진
머나먼 이 길을
오직 널위해 걷겠어

톡 쏘는 향이 채워진 그대 목소리

따스한 해를 쪼이며
잘 익은 레몬처럼 싱그럽고 상큼하게

잊을 수 없는 그대의 미소
흘러간 라디오 소리와 함께
미처 몰랐던

상쾌하고 개운함이 가득한
그대 목소리가 나에겐 부드럽다

해와 달이 있는 한 언제나
그대와 함께 할 것을

나는 이대로도, 너는 그대로도 괜찮아

'파직-'

화장실 유리창이 무겁게 우지끈거렸다. 왼손에서는 따끔거리는 감각과 함께 뜨거운 피가 함께 뚝뚝 떨어지고 있었다. 깨진 유리창들 사이로 무겁게 소리를 지른 남자는 피를 닦지도 않은 채 화장실을 나가버렸다. 그리고 화장실 유리창 건너편에서 애써 울음을 참고 있던 소녀는 눈을 질끈 감아버렸다. 마치 남자 대신 아파하는 듯한 모습이었다. 잠시 후, 눈물을 겨우 참는 것에 성공한 소녀는 바로 달려가 남자의 상태를 확인했다. 자신의 방에서 아무렇지도 않게 대충 붕대를 감는 남자에게 다가가 소녀는 조심스럽게 말했다.

"많이 아파?"

소녀의 말에도 묵묵부답. 남자는 거칠게 붕대를 감을 뿐이었다. 왜인지 모르게 함부로 다가갈 수 없었던 소녀는 결국 남자의 뒤에서 가만히 지켜볼 수밖에 없었다. 붕대를 대충 감다가 종이 위에 떨어진 피를 발견한 남자는 바로 미련 없이 종이를 구겼다. 다시 A3 종이를 새롭게 펼친 남자는 깊은 한숨을 내쉬었다.

익숙한 듯 자와 각도기로 쓱쓱- 연필로 선을 그은 남자는 뚝딱 도시 설계도의 기초 틀을 새웠다. 붕대로 감은 왼손은 최대한 번지지 않게 조심스럽게 받쳤다. 소녀는 가만히 남자를 지켜보다가, 방바닥에 버려진 구겨진 종이를 정성스럽게 피더니, 종이비행기를 접기 시작했다. 꽤 많은 종이비행기를 접고 날리니 방안에 어지럽게 널려있었다. 금세 기분이 나아졌는지 표정이 풀린 소녀와 다르게 태블릿을 들고 심각한 표정을 하고 있는 남자. 종이 위에 그린 그림들을 태블릿으로 옮기다가, 결국 태블릿을 침대 위로 던졌다. 기지개를 켜며 시계를 확인하던 남자는 패딩만 챙긴 채 밖을 나섰다. 그리고 소녀는 말없이 종이비행기를 만지작거리며 남자 뒤를 따랐다.

종이비행기가 날아가지 않게 소중히 손에 쥐며 남자를 따라나서니 해가 질 무렵의 대교 위였다. 대교 위에서 바라본 풍경을 가만히 바라보던 소녀는 종이비행기를 펼치며 고개를 갸우뚱하더니, 말없이 남자에게 종이비행기를 건넸다.

"그때랑 똑같네."

소녀가 가져온 종이비행기 안의 풍경은, 남자가 바라보고 있는 풍경과 같았다. 그리고 남자는 자신이 예전에 그렸던 그림이 담긴 종이비행기라는 것을 깨닫게 되었다. 잠시 종이비행기를 가만히 바라보다가 남자는 미련 없이 구겨서 패딩 주머니 속으로 넣어버렸다. 잠시 당황하던 소녀는 말없이 남자의 옆모습을 바라보았지만, 남자는 초점 없이 붉은 하늘만 멍하니 바라볼 뿐이었다. 다시 종이비행기를 내놓으라는 말에도 소녀의 말을 무시한 채 주머니에 손을 넣고 이동하는 남자. 소녀는 무언가를 외치려다가 참는 표정을 하며 고개를 돌리더니, 해가 저물어가는 풍경을 바라보았다. 종이비행기 속 그림을 다시 회상하며 풍경을 바라보는 소녀는 씁쓸한 표정을 지었다. 결국 종이비행기 속 변한 것은 소녀의 표정밖에 없었다.

대학교 도서관에 들어와 철퍼덕 앉은 남자. 그리고 다양한 장르의 책을 옆에 쌓은 뒤 남자를 바라보는 소녀였다. 익숙한 듯 소녀는 자신이 쌓아온 책을 천천히

읽기 시작했고, 남자는 그런 소녀를 바라볼 뿐이었다.

"이런 책 말고 전공책이나 가져오지."

"평생 전공책만 읽으며 살 수는 없잖아."

"하아…."

"답답해 보이는데, 숨 좀 쉴 겸 잠깐 밖에 나갈까?"

"어차피 여기나 밖이나 똑같아. 답답해."

남자는 귀찮은 대답과 함께 엎드려 눈을 감아버렸다. 소녀는 남자를 설득하려다가, 그냥 읽던 책을 마저 들었다. 쌓인 책들 사이로 남자는 그루잠에 들었고, 소녀는 남자의 상태를 계속 살피며 밤을 새웠다.

퀭한 모습으로 머리를 부스스 털던 남자는 뻐근한 몸을 일으키며 홀린 듯이 운동장으로 나섰다. 멍하니 차가운 공기를 마시며 관중석에 앉아 있던 남자는 가벼운 탕탕- 소리에 고개를 돌렸고, 남자의 눈앞에는 농구공을 튕기고 있는 소녀가 있었다. '뭐 하는 거야'라는 생각도 잠시, 소녀의 답답한 농구 실력에 결국 일어난 남자는 패딩을 벗어 던지며 본격적으로 농구에 빠져들기 시작했다. 차가웠던 공기도 시원하게 느껴질 무렵, 하얀 입김을 내뱉으며 남자는 오랜만에 미소를 띠었다. 시린 바람이 몸 깊숙이 퍼지면서 오랜만에 느껴보는 쾌적함이 하늘을 바라보게 했고, 그런 남자를 바라보며 소녀도 해맑게 웃었다.

다시 도서관으로 돌아와 빌리고 집으로 돌아온 남자는 완성하지 못한 도시 설계도를 마주했다. 다시 표정이 급속도로 어두워지더니, 결국 참고 참았던 한숨을 내뱉었다. 도시 계획서를 천천히 다시 살펴보는 남자. 당장이라도 찢으려는 행동을 취했지만, 급하게 소녀가 남자의 손을 잡으며 말렸다.

"너 같은 그림만 몇 번째 그리는 줄 알아?"

"이거 놔."

"요즘 왜 그러는데?"

소녀의 말에 남자는 울컥한 듯, 결국 설계도를 구겼다.

"왜 너에게 솔직하지 못한 거야? 말 좀 해봐!"

"너까지 나한테 왜 그러는데."

"나니까 너한테 이렇게 얘기하지! 너 누구한테 말한 적도 없잖아!"

"나도 모르겠다고 나도!"

남자는 결국 구긴 설계도를 던지며 소녀에게 화를 냈다. 두 존재 사이의 심적 공간감이 점점 더 멀어지는 순간이었다. 소녀는 떨리는 몸을 애써 티 내지 않으려 노력했고, 남자는 주먹을 꽉 쥐었다.

"예전 같지 않아. 변했어."

"맞아. 나 변했어."

"왜 변했다고 생각해?"

"내가 알면 지금 이러고 있겠어?!"

남자의 꽉 쥔 손에 낮지 않은 상처가 다시 소녀의 눈에 띄었다. 마음이 아프다는 표정이 그대로 드러나는 순간이었다. 소녀의 표정을 읽었지만 남자는 애써 모른 척하며 시선을 돌렸다.

"네가 아는 나는 어떤 사람인데? 내가 도대체 뭐냐고!"

"너…."

소녀는 차마 대답하지 못했다. 입이 움직여지지 않아서가 아니었다. 답을 모르고 있었기 때문이 아니었다. 남자의 눈동자 속 비친 자신이 순간 겁을 먹은 것에 대한 상처를 입었기 때문이었다. 남자도 더는 소녀를 쳐다보기가 힘든지 시선을 옆으로 돌렸다. 그러다가 남자가 갑자기 밖으로 나가려고 하자, 소녀는 당황하여 급하게 붙잡아보려고 세게 꾹 남자의 손을 붙잡았다. 하지만 소녀에게 남자는 말리기에는 이제 너무나 커져 버린 존재였다.

"어…. 어디가!"

"나도 이제 더는 모르겠어."

"잠시만! 잠시만 멈춰 봐봐!"

"건들지 마!"

'건들지 마!'라는 말 한마디에 소녀의 다리가 멈췄다. '더는 남자를 멈추게 할 수 없는 걸까.'라는 생각과 함께 소녀에게도 절망감이 다가오는 순간이었다.

"헉헉…."

소녀는 학교 옥상으로 뛰어간 남자를 뒤따라갔지만, 옥상 문 앞에서 망설였다. 굳게 닫혀있는 문 사이로 어떠한 감정이 흘러나오는지 가늠이 되지 않았다. 결국 소녀는 공허한 눈동자를 애써 감춘 채 학교를 떠났다.

"추워…."

남자는 옥상에서 혼자 추운 입김을 내뱉으며 패딩 안에 손을 넣었다. 멀리서 보이는 건물들과 사람들이 왜인지 모르게 자신보다 훨씬 더 커 보였다. 세상의 모든 것들이 평소보다 더 크게 느껴지는 순간, 남자는 패딩 안주머니에 들어있던 쪽지를 발견했다. 스케치 단계인 오르골 구조 설계도였다.

"이게 왜 여기 있어…."

남자를 분해와 설계의 세계로 이끌었던 오르골. 단순한 호기심에서 연구까지 발전할 수 있도록 도와준 존재였다. 하지만 이 회상 또한 어릴 때의 자신일 뿐이었다. 지금은 현실 앞에 비친 그림자가 숨을 곳이 필요했다. 남자는 자신의 존재를, 이 설계도의 잃어버린 의미를 찾지 못했기에, 추운 바람에 고개를 떨굴 수밖에 없었다.

"차라리 어릴 때가 더 나았어. 지금의 나는 예전보다 더 초라해진 걸까."

어쩌다가 이렇게까지 오게 된 건지 남자는 알 수가 없었다. 지금 모든 것을 던지고 새롭게 시작하면 일어날 수는 있을까. 주저앉아버린 이 감정들이 되살아날 수 있을까. 점점 물음표가 가득해진 생각들을 애써 누른 채 남자는 완벽하지 않은 설계도를 종이비행기로 접었다. 마침, 바람도 힘차게 불어오겠다, 남자는 종이비행기를 최대한 세게 날려 보냈다.

-툭.

종이비행기는 잠시 바람을 따라 날아간 듯싶었더니, 다시 남자의 곁으로 돌아와 힘없이 떨어졌다. 남자는 다시 더 힘껏 종이비행기를 날렸다. 또다시 종이비행기는 남자에게 돌아와 손에 쥐어졌다. 남자는 이제 종이비행기까지 자신을 놀리나 싶었다.

"날아가! 날아가라고! 너라도 자유를 찾아가라고 제발!"

설상가상으로 눈까지 내리기 시작하자 남자는 결국 종이비행기 날리는 것을 포기했다. 언제 그랬냐는 듯, 종이비행기를 소중히 패딩 안으로 넣은 후, 잿빛 하늘을 바라보았다. 자기 얼굴에 떨어지는 눈을 가만히 맞으며 한참을 가만히 있었다. 남자의 얼굴 위에는 눈이 녹아서 내린 물과 뜨거운 눈물이 함께 섞여 흘러내렸다. 엉엉 소리 내서 울지도 못한 채 한참을 차가운 눈과 함께 서 있던 남자는, 뒤늦게 소녀의 존재를 자각하기 시작했다.

"생각해 보니…. 어디 간 거지?"

잿빛 하늘 속은 낮인지 밤인지 구분하기 힘들 정도로 어두웠다. 하지만 찾아야 했다. 언제나 소녀는 남자와 늘 함께였기에, 그대로여도 남자에게 있어야 할 존재였기에 소녀는 놓쳐서는 안 될 존재였다.

'생각해 보니 오르골 설계도도, 대교 위 풍경도 다 나

의 종이비행기였어.'

본격적으로 소녀를 찾기 위해 남자는 뛰기 시작했다. 농구장에도, 학교에도, 공원에도 소녀는 없었다. 이미 눈과 땀은 남자의 온몸을 적셨고, 미끄러져 넘어진 흔적들이 점점 다리와 팔 쪽에 생기기 시작했다. 하지만 아파할 틈이 없었다. 어딘가로 사라질 것만 같아 무서워진 남자는 소녀를 더욱 애타게 찾았다. 눈이 남자를 향해 힘차게 날아왔지만, 이 정도는 감당해야 할 남자의 무게였다. 혹시나 하여 마지막으로 다리 위를 가로지르며 뛰어가던 도중, 저 멀리서 익숙한 존재가 보였다. 남자의 이데아인, 소녀였다. 소녀는 많이 젖은 종이비행기를 들고 서 있었고, 남자는 소녀를 향해 힘차게 달렸다. 그리고 달리는 동안 눈은 점점 비로 변해갔다. 미친 듯이 쏟아지는 비 사이로 바람이 느껴질 정도로 달린 남자는 소녀의 앞에 도착하자 거친 숨을 내쉬기에 바빴다. 함께 비를 맞으며 서 있는 소녀를 보자, 남자는 아이처럼 그렁그렁한 눈물을 보였고, 소녀는 남자를 꼭 끌어안았다. 소녀를 안는 순간 온갖 생각들이 차분해지기 시작하더니, 울음소리와 함께 그동안의 쌓아온 감정들을 토해냈다. 소녀는 다행히 남자의 곁에 계속 있었고, 남자에게 사라진 것은 없었다. 이대로만 같이 있어 달라고, 그대로만 있자는 말만 계속 반복하며 소녀를 끌어안은 지 얼마나 시간이 흘렀을까. 점점 비가 얇아지기 시작하더니 새하얀 구름이 잔잔하게 하늘을 채웠다.

"나한테 엄청 열심히 달려왔던 거 알지."

"소중한 것을 놓치지 않기 위해선, 그 이상도 할 수 있는걸."

"넌 변하지 않았어. 내가 잘못 생각했던 것 같아."

"그러면?"

"조금 더 자란 거야. 누구보다 너답게."

"다행이다. 그렇게 말해줘서 고마워."

"완벽하지 않으면 어때. 내가 항상 곁에 있을 건데."

"나는 이대로도, 너는 그대로도 괜찮아. 그냥 앞으로도 함께 있어 줘."

"아직 종이비행기, 가지고 있지?"

"응."

남자는 소녀의 손을 잡고 비가 그친 후의 하늘을 바라보았다. 그리고 어느새 젖었다가 마른 종이비행기를 각자 손에 쥔 채, 힘차게 숫자를 외쳤다.

"하나, 둘, 셋!"

남자와 소녀의 손에 쥐어졌던 종이비행기가 힘차게 다리 위를 날았고, 남자와 소녀의 곁을 떠나 멀리 날아갔다. 그리고 남자는 깊은숨을 내쉬었다.

"마저 완성하러 가야겠다."

남자는 어느새 저물어가는 해를 마주했고, 누구보다 든든한 발걸음으로, 집으로 향했다. 그리고 바닥에 쌓인 종이비행기들을 다시 한 장씩 소중히 펼치며, 태블릿으로 설계도를 살피고 있는 소녀와 눈을 마주했다. 두 사람의 공간 자체가 다시 기적이 되는 순간이자 또 다른 시작이었다.

초심

너무 조급해하지 않기로
너무 다그치지 않기로
너무 소리치지 않기로
너무 실망하지 않기로
다짐했건만
모든 것이 물거품이 되고 말았다.

조금씩 느리고 느리게
조금씩 천천히 여유 있게
조금씩 릴랙스 평안하게
조금씩 즐겁게 행복하게
초심으로 돌아간다.

염구작신(染舊作新), 순백의 결정

어렴풋이 떠오르는 유년의 추억,
어머니와 눈사람을 만들었던 기억.
유년 시절 눈사람을 만들다
옷에 묻었던 순백의 결정이
선명히 나의 눈에 남았다.

봄철에는 희망찬 봄이 되고,
여름철에는 녹아 눈물이 되고,
가을철에는 단풍 따라 붉어지고,
겨울철에는 다시 꽁꽁 얼었다.

선명한 순백의 결정,
그것이 녹는다는 것은
새로운 시작을 알리는 것일 것이다.

언제 다시 녹을까
하염없이 기다린다. 기다리다
내 옷 위로 새하얀 눈이 떨어지는 것을,
그 순백의 결정을 보았다.

유년 시절 눈사람을 만들다
옷에 묻었던 순백의 결정이
선명히 나의 옷에 남았다.

그것은 신년의 사계절을
그것은 새로운 시작을
알리는 재시작의 결정이다.

공하신희(恭賀新禧)

십이월 묻은 달력 한 장을
미련 없이 눈 꾹 감고 찢어라.
불에 태우고, 물에 적셔라.
한 장 남은 달력이
황홀한 밤하늘처럼 무성해질 것이다.

신년의 해가 불원 찾아올지니
금년의 종(終)을 하례하라.
금년의 종(終)에 집착하면
달력은 여전히 한 장일 것이다.

푸른 용이여, 가라.
푸른 뱀이여, 내게 오라.

새로운 시작을 위하여

나는 종종 멈추고, 주저하며, 기회를 놓쳤던 시간을 되돌아보곤 한다. 그때마다 더 나은 순간을 기다리며 미뤄왔던 도전들이 떠오른다. 많은 생각과 고민 속에서, 결국 나 자신을 제지하며 지나친 두려움에 휩쓸린 적이 많았다. 새로운 시작을 꿈꾸면서도, 그 시작을 실천하는 데 필요한 용기를 내지 못한 채 시간을 흘려보내곤 했다. 결국 내가 원하는 삶은 미뤄진 채 그대로 남아 있었고, 그 속에서 점점 더 후회가 쌓여갔다.

하지만 이제는 그런 후회 속에 살지 않기로 결심했다. 더 이상 기다리거나, 완벽한 순간을 찾는 일은 없을 것이다. 나는 새로운 시작을 향해 한 걸음씩 내딛기로 했다. 그 길에 두려움이 있을 수 있지만, 그 두려움을 넘어서야 비로소 진정한 성장과 성취가 있을 것임을 깨닫게 되었다. 새로운 시작이란 늘 불확실함과 마주하지만, 그 불확실함 속에서도 나는 앞으로 나아갈 것이다.

내가 놓쳤던 기회들, 그리고 지나치게 걱정하며 미뤄두었던 일들이 이제는 내가 다가가야 할 기회로 다가오고 있다. 나는 이제 더 이상 그 기회를 두고만 볼 수 없다. 용기를 내어 새로운 도전을 향해 나아가기로 결심했다. 두려움보다는 도전이 나를 성장시킬 것이고, 실패가 두려워 도망가기보다는 그 실패 속에서 내가 얻을 수 있는 교훈들을 마음껏 받아들일 것이다.

그동안 나를 제지했던 걱정들도 이제는 떨쳐낼 것이다. 더 이상 지나치게 고민하며 발목을 잡히지 않기로 했다. 나는 자신감을 가지고 새로운 도전에 뛰어들 것이다. 실패도 그 과정의 일부로, 그 속에서 더 강한 내가 되어갈 것이다. 이제 나는 내가 원하는 삶을 향해 나아가는 것을 두려워하지 않으며, 그 여정 속에서 내가 누구인지, 무엇을 할 수 있는지 발견할 것이다.

꿈은 더 이상 미뤄두지 않겠다. 그 꿈을 향해 달려가며, 새로운 시작을 위해 나는 더 이상 주저하지 않기로 했다. 후회보다는 성장하는 길을 선택할 것이다. 실수와 실패는 나를 강하게 만들고, 그 힘을 바탕으로 더 나은 내일을 향해 나아갈 것이다. 지금, 이 순간부터 새로운 시작을 향해 발을 내디디며, 나는 그 길을 걸어갈 것이다.

너와의 추억을 두고

너를 뒤로한 채 나 혼자 가려 하니,
발걸음이 무거워져 갈 수가 없다.

너와의 추억들 속에서 살고 싶은데,
이제는 그럴 수 없는 게 참으로 아프다.

수많은 별들 속에서,
수많은 풀들 속에서,
그리고 수많은 나무들 속에서 함께했던,

너와의 수많은 추억.
이젠 여기 두고 저 앞만을 바라보며,
새로운 출발을 하려 해.

그동안 수고 많았어.

안녕. 나의 첫사랑 너.

우리의 2025년 새로운 시작

출발선

숨이 차오르는 긴장 속에서
출발선에 서 있는 지금 이 순간,

저 멀리 있는 도착 선이 보이지 않아
너무나 갑갑한 지금 이 순간,

나는 주저앉을 것만 같아
너무나 무서워.

하지만, 괜찮아.

너무나 많은 시련을 겪어왔던,
너무나 많은 아픔을 겪어왔던,

그렇기에 저 앞에 있는 장애물들은

이제 내가 혼자서 이겨낼 수 있는
장미 가시 같은 것들이야.

출발선에서 이제 달려 나갈 준비를 하는 나는,
도착선 까지 끝까지 달려갈 테야.

이제는 설레는 마음으로
이 먼 길을 만끽할 테야.

새로운 시작

새로운 시작은
언제나 떨리는 것

새로운 시작은
새로운 마음가짐을 가지는 것

새로운 시작은
누구에게나 오는 기회라는 것

새로운 시작은
힘들 때도, 기쁠 때도 있는 것

새로운 시작은
누구나 다가오는 시련 같은 것

새로운 시작은
본인이 이루지 못한 걸 이루는 것

새로운 시작은
새로운 경험을 체험하는 것

새로운 시작은 어느 누구에게나 나타나는 것이니

우리 모두 다 같이 시작해 보는 게 어떨까요?

나의 꿈

나는 어린 시절 우연히 학교에서 봉사활동을 하게 되었다. 어린 나이에도 불구하고 여러 분야에서 다양한 경험을 했고 나의 꿈을 시작 찾기 시작했다. 마침내 내 꿈이 뭔지 찾았다. 그건 바로 '사회복지사'이다. 봉사활동으로만 다 되는 게 아니라서 현장에서 일하는 주변 사람들에게 정보를 물어가면서 사회복지를 알게 되었지만 정보가 턱없이 부족해서 사회복지학과로 대학교에 입학해서 사회복지 이론을 배우면서 더 깊게 사회복지사들이 어떤 일을 하는지 알겠 되었다. 이론을 토대로 실습도 해보고 서포터즈를 활동도 해보면서 사회복지 현장을 보면서 나의 꿈을 더 꾸기 시작했다. 그래서 나는 현재 사회복지사 1급을 따기 위해서 열심히 공부 중이다. 2025년에 꼭 취업해서 내 꿈을 이루고 싶다.

그댈 위한 꽃

잎이 떨어졌다

좌절하지 말아요

힘든 그대 앞에

어느새 그댈 위한

예쁜 꽃이 피울 준비를 하고 있는걸요

별일 없이 지내

돌고 돌아, 묻고 물어 너의 소식을 들었어.
별일 없이 지낸다니 다행이야,

나 없이도 잘 지낼 수 있다는 사실 같은 건
이미 알고 있었어.
우리 만날 때도 알고 있었거든.

이제 날 놓아두고,
다시 시작하려고

안녕, 이건 하나였을 때의 안녕이 아니라
다른 안녕이야.

새로운 항로

대학교를 졸업한 후, 나는 바로 망망대해에 내던져졌다.

사회는 친절한 안내란 없는 곳이었다. 사회라는 바다에서 어디로 어떻게 가야 하는지 알 수 없었던 나는 그저 더 깊은 어둠 속으로 빠져들어 갔다.

그 속에서도 유유히 헤엄치는 물고기들이 부러웠지만, 물속에서 숨 쉬는 법조차 모르는 나는 이방인일 뿐이었다.

눈에 보이는 전부였던 그들과 똑같이 헤엄치고 회사에 다니면 행복할 줄 알았는데. 현실은 전혀 달랐다. 물살과 지느러미에 치이면서도 애를 써봤지만 나를 향한 도움의 손길은 어디에도 없었다. 그럼에도 이들

사이에 소속되기 위해 계속 발버둥을 쳐야만 했다.

'이제 어떻게 해야 할까?', '나는 사회에 소속될 수 있을까?' 그런 의문이 내 마음을 짓누르며 점점 더 깊은 바닷속으로 나를 끌어들였다.

그렇게 숨도 쉬기 어려운데도 어렵게 얻은 취업이라는 글자를 놓지 못하고,
나는 계속해서 물속으로 내려갔다. 나의 존재를 인정받지 못한 것 같았다. 아무것도 할 수 없다는 무력감에 점점 더 가라앉았다.

그러던 중, 거대한 파도처럼 우울이 나를 덮쳤다. 살아내기 위해 허우적거리던 팔에 힘이 빠져갔다. 팔에서부터 온몸의 힘이 빠져버린 나는 넋 없이 회사라는 끈을 놓아버렸다. 그렇게 퇴사를 결심했다.

한 차례 파도를 넘긴 나는 더 이상 물속으로 가라앉지 않는 법을 배웠다. 몸에 힘을 빼는 것. 물결이 이끄는 대로 천천히, 내가 나인 채로 힘을 빼고 흘러갔다.

그림은 내가 물속에서 다시 떠오를 수 있도록 도와준 튜브와 같은 존재였다.

내게 방향을 제시해 주었고, 놓쳐버렸던 일러스트레이터라는 꿈으로 인도해 주었다.

그림을 그리며 내 감정을 돌보는 과정에서, 나는 나 자신을 발견하는 게 꽤 즐거웠다. 그림을 통해 나의 내면을 보고, 나만의 길을 다시 찾을 수 있었다.

가끔은 그때의 거대한 파도가 고마울 때도 있다. 덕분에 새로운 길을 찾을 수 있었으니까. 여전히 큰 파도를 만나기도, 물에 빠지기도 하지만 이젠 전혀 두렵지 않다. 그럴 때마다 그림이 다시 나에게 힘을 주고, 나를 물 위로 떠오르게 만들 테니까. 어떻게 해야 할지 알려주고, 앞으로 나아가도록 손을 잡아줄 것이다. 그렇게 나는 나만의 항로를 찾았고, 오늘도 항해 중이다.

출발점

출발점에 서서
탕 하고 총성이 울릴 때
심장도 따라 울리는 걸 느꼈지

긴 방황의 끝
새출발을 다짐하는
그 마음가짐 위에는
푸른 불빛이 내려앉아 있었다

그렇게 살아가도 괜찮습니다

나에게는 매일매일이 새로운 시작입니다

오늘 하루를 시작하고 또 실수하고

자책하며 하루를 기억에서 지워버리고

잠들기 전 오늘을 후회하고 내일을 다짐합니다

그리고 다음 날이 되면 또 신발 끈을 동여맵니다

그렇게 살아가도 괜찮습니다

그렇게 매일매일 새롭게 시작하면 됩니다

허들 넘기

12월 31일에는 출발점에 도착해있고
1월 1일에는 출발점에서 다시 나아간다

하루 차이로
일분 차이로
0.몇초 차이로
우리는 새로운 마음을 가지고 출발 후 있을 허들을
향해 나아가기 시작한다

누군가는 뒤에 있고 누군가는 앞에 있고 각자의 출발
선은 다르더라도 누군가는 출발하기 싫고 출발하더
라도 다시 돌아올 생각을 하겠지만 모두 새롭게 나아
가겠다는 한마음으로 출발선에 서 있다

누가 뭐라 하든 우리는 각자의 출발 지점에 묵묵히 서서 1월 1일 오전 0시 출발신호를 기다린다

12월 31일 지쳐있었고 포기하려던 우리는 사라지고 새로운 사람이 된 것처럼 1월 1일이 되면 모두가 같은 마음으로 달려 나가기 시작한다

너도 나도 할거 없이 나아가지만 분명 금방 지쳐 돌아오는 사람이 많겠지만 출발을 한 이상 멈추지는 않는다는 생각으로 앞에 있는 허들을 하나씩 넘어간다. 하나씩 넘어갈 때마다 나의 경험과 능력이 한 단계씩 늘어갈 것이고 믿으며

허들은 다양한 높낮이로 되어있다. 허들이 높았던 만큼 내가 그만큼 발전하기를 바라며 때론 보이지 않는 도움닫기가 존재한다고 생각하며 경주를 이어간다

그래서 나는 혼자라면 절대 못 했을 이 힘든 경주를 나의 동반자와 함께 이어가고 싶다

시작과 끝

탄생과 죽음
1월과 12월
무수히 많은 경우의 시작과 끝이 존재할 것이다

우리는 항상 시작을 하고
나는 항상 끝을 내린다
시작과 끝에 누군가와 함께 있을 수도
아니면 혼자 있을 수도 있다

누군가와 또 다른 새로운 시작과 힘든 끝을 맞이하지
못하게
나는 당신에게 나의 시작이 될 기회를 주고 싶다
그대가 나의 끝이 되어주기를 바라며

나 또한 누군가와의 시작에 동반자이고

많은 과정을 함께한 끝자락의 동반자였으면 좋겠다

하루의 시작

상쾌한 하루
살랑이는 바람을 타고
바람꽃 불어와
향기로운 바람 소리 같은 하루

아침 첫 햇살이 주는 따스한
눈부신 하루의 시작
그 아름다움이 일상에서 느끼는
마음 열어

매일매일 새로운 삶의 시작으로

열심히 달려온 어제의 하루는
힘든 마음, 아픈 마음

걱정들은 내려놓고

당신에게
아침의 아름다움이
꽃으로 먼저 온
새로운 희망의 오늘이기를...

하루 꽃

모든 하루가 다 소중하고
모든 하루가 다 빛날
시간조차 사랑하는

하루 꽃 속의 잠시 멈춘
내 삶에 피어날 그 꽃의 향기

열매를 위해 지는 꽃은 더 아름답듯
우리가 걷는 하루하루는

지나간 과거와
다가올 미래를 준비하는
현재의 새로운 시작

무거운 시간의 세월
하나하나에 깃들어
인생의 열매를 맺기 위한 시간

흔들리면서도
내게 와 꽃을 피워 내고야 마는
오늘을 걷는 하루 꽃

두 번째 스무 살

한 달째 일요일 아침마다 집 근처 공원을 달렸다. 성
경책 들고 다니는 사람을 많이 봤다. 나 역시 달리기
에 의지하며 위로받고 있었다. 지난주엔 달리기를 끝
내고 걷는데 공원 벽을 따라 걸린 시화가 눈에 들어
왔다. 몇 학년 몇 반이라 쓰여 있는 걸 봐서 초등학생
의 작품인 걸 단번에 알아챘다. 지명을 제목으로 지은
시도 있었고 자신의 반려견을 주제로 쓴 시도 있었다.
걸으며 한 장, 한 장 구경하는데 내 어린 시절이 생각
났다.

내가 글짓기에 관심을 처음으로 갖게 된 건 열 살 무
렵이었다. 워낙 내성적인 성격 탓에 친구에게 먼저 다
가서지 못했다. 그 시간만큼 책을 읽었고 담임선생님
께서 숙제를 검사하다 내가 쓴 시를 읽고 '작가', '시

인'이라는 존재를 처음으로 알려줬다. 그땐 그 사람들이 무엇을 하는 사람인지 몰랐다. 숙제를 어떻게 해야 선생님께 칭찬받을 수 있을지가 우선이었다.

아이에게 대가 없이 주는 선물만큼이나 중요한 일이 '칭찬'과 '인정'이다. 시간 지나 어른이 된 나였지만 삼십 대의 마지막 가을을 보낼 때까지도 이 두 감정에 목말라 있었다. 그러다 옷장에서 겨울옷을 꺼내면서 문득 '남이 아니라 내가 그렇게 느끼기만 하면 되지 않는가?' 하는 깨달음이 생겼다.

매번 '잘해야 한다.'라는 강박 대신 '성공도 실패도 모두 내 몫'이라는 넓은 마음 먹을 수 있다면, 그때부터가 어른의 의미를 깨닫는 과정이라는 생각이 들었다.

사람을 의미하는 '人'(인)은 한 사람이 두 발로 곧게 서 있는 모습을 형상화했다고 한다. 그만큼 남에게 의지하기보다 스스로 삶을 개척하는 자세. 그게 사람의 본모습이자 어른이었다.

다음 달이면 두 번째 스무 살이다. 칭찬과 인정으로부

터 멀리 떨어지기로 했다. 나이 먹는 사실에 가슴 쓰라리지만 '두 번째 삶'을 시작한다는 생각만 하기로 했다. 외부에 부는 바람에 흔들리지 않을 나이다. 삶의 진리를 하나씩 깨우쳐 시작하기 좋은 '0'살의 나이.

글쓰기를 본격적으로 시작했다. 신문사에 칼럼을, 공모전에서 몇 번의 입상 경력이 나의 이름 뒤에 경력으로 붙었다. 나를 모르는 사람들에게 설명하는 정보일 뿐이지만 어쩐지 앞서 흘러간 시간보다 삶에 대한 진지함을 스스로 새긴 듯해 머쓱하다. 지금까지 만난 수많은 선택지 앞에서의 망설임과 실패를 글쓰기를 통해 돌아봤다. 시와 일기, 수필 속에서 본 길은 의지가 앞섰고, 실수와 후회 가득하였다.

글을 쓰려거든 자리에 앉아 있는 시간보다 몸으로 부딪치며 겪는 실패와 성공이 많아야 한다고 들었다. 우울과 방황이 반복된 20대, 알코올 중독, 공황과 부적응을 치료하기 위해 보내던 30대를 원망도 많이 했다. 그런데도 그 시기를 거쳐 무사히 도착했다. 낡았지만 지금의 시간이 놀라울 따름이다. 매 순간 글쓰기가 내 곁을 지키고 있었다.

아이의 성장은 물리적이다. 유예하며 너그럽다. 무엇을 원하는지, 어떤 선택을 해야 할지 고민하며 실수하더라도 자연스럽다. 하지만 어른은 삶은 그렇지 못하다. 자신의 선택을 믿고 밀려드는 감정과 먼지까지도 털어내며 묵묵히 걸어야 했다 당연한 일이다. 과거의 오만함을 깨닫는 순간마다 책임이라는 말을 배우니까. 슬프게도 긍정보다 그렇지 않은 신호에서 더 많은 깨달음을 얻었음이 부끄럽다.

열 살의 나에게 글쓰기가 무엇이냐 물었을 땐 '칭찬을 받기 위한 일'이었다는 대답이 정답일 것이고 지금은 '자신을 칭찬하는 과정'이라고 말한다. 막막함과 답답함의 굴레 속에서도 끈질기게 이 일을 반복하는 이유다. 또 마흔인 나에게 묻는다면 조금 더 '신중한 시작'을 알리는 신호가 되고 싶다. 무엇이든 이룰 수 있고 꿈 많은 두 번째 스무 살이니까.

당연히 그럴 일이다. 이미 좌절과 우울만으로는 삶을

살 수 없다는 걸 알았고, 얻었다면 언제나 잃을 수도 있다는 가능성을 또 알고 있지 않은가. 유약한 어린 시절의 기억은 나쁜만은 아닐 테니까.

하루도 치열하지 않은 날 없었습니다

24년의 끝자락이다. 나이를 먹을수록 시간 가는 속도가 더 빨라진다고 했던가. 그래서인지 유독 올해는 여느 해보다 짧게 느껴진다. 많은 경험을 쌓았다. 다이어트를 두 번 진행했고, 디스크가 재발해 병원에 입원도 했다. 꾸준한 운동을 해야 하겠다는 생각에 달리기 시작했고 11월에는 태어나 처음으로 마라톤 대회에 참가해 완주했다. 생애 처음으로 책 출간을 맛봤다. '베스트 셀러'라는 명예도 얻었다. 물론 나의 힘보다는 공저에 함께 참여한 작가 아홉 명 덕분일 터다. 그 외에도 그동안 노트북 습작으로 남겨둔 시를 퇴고해 전자책으로 시집을 출간했고, 또…. 돌아보니 내 생에 가장 치열했던 나날들이다.

내가 무엇을 좋아하는지, 잘하는 일은 무엇인지 몰라 한참을 헤맸다. 그러다 '요것 괜찮은데?'라는 생각이

들 땐 무작정 달려들다가도 '정말 해도 되나?' 의심과 재도전의 반복 끝에 어렵게 맞이한 24년도다.

카카오톡 친구 목록을 펼치면 누구누구 작가가 많다. 책으로 만난 사람도 있고, 직접 얼굴 만나 연락처를 받은 사람도 있다. 하나둘 그들의 이야기 듣다 보면 각자만의 시도와 실패, 성공, 성장에 고개가 끄덕여지고 코끝 찡한 날이 많았다. 나도 그들 따라 전업 작가가 되겠다고 선언한 건 아니지만, 쓰다 보니 많은 위안과 치료가 됐다는 말에 마음속 품어뒀던 말을 꺼내놓고 싶었다.

'그럼 나도 책을 한번 써볼까?' 2019년의 겨울에 시작한 초고다. 올해로 4번째 퇴고 진행 중이다. 사실 출간 목적보다는 복잡한 마음 정리가 필요해 찾은 일종의 탈출구였다. 처음엔 울분에 가득 차 썼다. 두 번째 퇴고에서 읽어보니 억울함만 잔뜩 있었다. 이번에는 쓰면서 딱 절반만 울자고 다짐하며 퇴고했다. 세 번째는 '출판사에서 받아주지 않아도 좋다. 그러니 후회 없이 멋지게 마침표를 찍어 보자!'였다.

이번 퇴고 땐 다짐이나 목표가 없다. 평범했던 날이라 생각한 내 삶의 일부를 조금 더 집중하며 살아보겠다며 다짐한 날의 흔적으로 여기고 있기 때문이다. 다만 하나는 확실하다. 내 삶은 그럴 가치가 있다고 증명하고 싶었다. 직장에서 20년 가까이 있으면서 정작 '나'보다는 무슨 무슨 담당으로 이름 불린 적이 많았고 앞으로도 바뀌지 않을 것 같아서 오로지 나만 할 수 있는 무엇인가를 증명하고 싶었다.

직장에서, 사람 관계에서 내 힘으로 통제할 수 없는 것에 부닥쳐 버텼던 것에 비하면 글쓰기와 책 쓰기는 상대적으로 쉬운 일이었다. 나만 통제하면 됐다.

마음과는 다르게 몇 년을 노트북 앞에 앉아 쓰고 지우기를 반복해도 이렇다할 결과가 나오질 않자 '포기'를 떠올리기도 했다. 철저하게 혼자 있는 시간을 만들어 쓰는 일을 반복해야 했으므로 적막한 시간을 견디기가 쉽지 않았다. 사이에 운동을 계속한 것도 체력과 체중 관리를 해야만 부족한 나를 끌고 갈 수 있으리라는 생각의 대처였다.

막상 올해를 보내 주어야 하는 순간이 다가오니, 조금 더 하지 못한 노력이 아쉽다. 밤잠을 포기해서라도 마침표를 더 찍어 보고 싶다. 1분 1초 헛되이 보낸 적 없다고 자신했건만, 욕심이라는 말이 괜히 있는 게 아니다. 읽고, 쓰기를 반복하며 나만의 기록에 여념 없었던 나날들, 입김 나는 새벽에 달리기할 때 마라톤 골인 지점을 통과하는 내 모습을 상상했던 나날들 모두가 이젠 나만의 나이테이자 증명이 됐다. 분명 쓰지 않았더라면 몰랐을 터였다.

올해가 나의 삼십 대의 마지막이다. 마흔이 되면 내 삶은 어떨지 많이 상상했다. 단언컨대 올해처럼 치열하게 산다면 앞으로 내 삶은 후회보단 성장이 반복될 수 있을 터다. 이미 내 삶은 수많은 치열한 나날들로 증명되고 있지 않은가. 2024년, 감사한 해였다. 새로 시작하는 마흔이 기다려진다.

힘든 상황에 대처하는 자세

세상에는 내 힘으로 통제할 수 있는 일보다 그렇지 못한 경우가 더 많다. 불행의 지름길은 통제할 수 없는 일에 집중하는 것이다. 예를 들면 이런 것. 시간이 지나 봐야 경과를 알 수 있는 일을 고민하며 며칠 밤잠 못 자고 지내다 보면 다음 날까지 망친다. 학생은 학교에서, 직장인은 회사에서 일이 제대로 될 리 없다.

나는 일종의 프로 걱정러였다. 일할 때도 제2, 제3 이상의 대책을 마련했고 여행할 때도 마찬가지였다. 목적지에 도착하는 시간부터 역으로 계산해 출발 시각을 계획해 놔야 마음이 놓였다. 친구들과 여행할 땐 좋았다. 완벽에 가까운 계획을 세워놓으니 마음 편하게 따라다니기만 하면 됐다. 혹여라도 계획에 차질이 생길 땐 다음이 있었기에 두렵지 않았다. 다만 직장에서의 중요한 프로젝트를 앞둔 날이거나 여행 출발 전날 늦게까지 잠 못 이룬 건 설렘과 긴장감이라는 좋은 포장지에 싸인 걱정이었다.

그랬던 내가 변하게 된 계기가 있다. 통제라는 말을 배우고 나서부터다. 어느 책에서 읽은 내용이었다. 사람의 뇌는 매우 약한 존재라고 했다. 끊임없이 제공되는 외부의 정보와 신호, 자극에 노출되어 처음 생각한 방향으로 계속해서 꼬리를 물게 되는데 특히 고민이 그랬다. '여기서 잘못되면 어떡하지?', '계획은 했는데 변수가 생기면?'

나의 습관성 고민을 해결하기 위해 첫 번째로 무조건 받아들이기로 했다. '나는 약한 존재다. 그러니 고민과 걱정이 생기면 거기서 딱 멈춘다. 대신 좋은 내용의 책과 글을 읽고 뇌의 흐름을 끊는다.' 모든 감정의 강도는 시간이 지나면 줄어든다. 그러니 익숙한 과거는 잊고 새로운 감정으로 뇌를 통제하는 것이다.
두 번째는 잊는 것이다. 세상에는 영원한 것이 없다는 사실 하나만 기억하면 된다. 아무리 기쁜 감정도 시간이 지나면 식는다. 흐르는 눈물도 어느 정도 되면 마른다. 지금 일어난 일이 10년, 50년 후까지 이어질 리 없다. 거꾸로 생각해 보면 쉽다. 며칠 전까지만 해도 고민됐던 일이 지금도 나를 괴롭히고 있는가 하는 질문을 해보는 것. 힘든 일에 대처하는 나만의 꼼수다.

마지막으로는 지금보다 더한 상황을 떠올려 보는 것이다. 올해 여름 허리를 다치는 바람에 회사에 출근도 못 하고 집과 병원을 간신히 다닌 적 있다. 신경 주사와 물리치료를 받고 집에 돌아와서는 침대에 누워있어야만 했다. 화장실 갈 때도 벽을 짚어야만 했다. 허리를 제대로 굽히지도 펴지도 못하니 씻는 것도 포기해야 했다. 혼자 있을 때 아프면 서럽다. 죄송한 마음에 집에 아프다는 통화도 안 드렸다. 삼일을 그렇게 있으니 조금씩 상황이 나아졌다. 침대에서 조금씩 몸을 뒤척일 수 있게 됐다. 하지만 의자에 앉는 건 아직도 힘들었다. 하필 청탁받은 원고가 있어 마감해야 했는데 앉질 못하니 답답했다. 비스듬히 누워 배 위에 노트북을 올려 타자했다. 불편했다. 스마트폰을 꺼내 나에게 채팅 기능을 활용해 글을 썼다. 그리고는 다시 노트북으로 간신히 퇴고를 마쳤다. 그때 드는 생각은

'누워 손가락 두 개로라도 써서 다행이다'였다.

항상 살아있는 것만 해도 다행이다. 라고

생각해 보세요. 그리고 나는 편안하다. 행복하다. 잘
살고 있다고 꾸준히 암시를 주세요

          - 법륜. 나는 괜찮은 사람입니다 - 중

내가 해야 할 일은 집착이 아니다. 해결할 방법을 찾
는 것이다. 삶을 방법으로 채우면 성장, 핑계를 찾으
면 방황이다. 고민의 끝은 핑계지만, 방법은 끝이 없
다. 하나씩 내 삶에 적용할 때마다 성장하는 것이다.
삶의 모든 건 영원하지 않다. 그러니 내 삶도 고민에
서 이만 탈출시켜야겠다. 오늘을 보내며 하는 다짐은
지금의 삶에 조금 더 집중하며 행복하게 살아가겠다
는 마음뿐이다.

시작과 결말

무언가를 새로 시작한다는 건

항상 긴장과 떨림

기대감을 함께 유발한다

새로 무언가를 시작했다면

되도록이면 끝까지

마무리를 짓는 게 좋지만

그럴 수 없는 환경이거나

중간에 그만둘 수밖에 없는

상황이 발생해서 목표까지

도달할 수 없게 되었다고 해도

그것에 대한 미련만큼은

최대한 떨쳐내야만 한다

모두가 만족할 수 있는 결말을
얻을 수 있다고 장담할 순 없지만
지금부터 시작을 하면 저마다
자기에게만 주어진
결말을 찾을 수 있을 테니까.

새로운 출발

"시작하지 않으면 결과도 없다"라는 말이 있다
망망대해에 혼자 남겨진 것처럼
도무지 시작하기가 엄두가 나지 않고
헤맬 것만 같은 느낌이 들어도
일단 출발한다면 가는 도중에
점점 방향이 잡히며
길이 선명해지는 경우가 꽤 있다

출발선에 서 있는 채로
멍하니 바라보기만 하다가
끝나는 경우가 많기 때문에
큰 결심이 필요할 테지만
그 순간을 이겨내고
선을 넘은 사람들만이
운명을 비틀 수 있지 않을까.

새로운 시작 앞에서 맹세하는 내 사랑

헌 사랑 앞에서
갈망만 하던 내가
이제는 너를 만나
만족을 배워야겠다는
생각이 들었어

곤히 잘 자고 있는
나의 사랑아
너의 숨소리에게
감히 맹세하자면

널 사랑하는 데에
내 시작을 걸겠어
그 끝이 웃음이 있게
노력해 볼 거지만

만약 울음이 있어도
그래도 달려갈 거야

너라면 그런 가치가 있는
그런 소중한 사람이니까
만약 울음이 있다고 해도
그 울음도 나에겐
소중한 가치가 있을 테니까

전에 네가 그랬잖아
나는 울음 속에서 헤엄친다고
근데 그 울음 속에서
숨소리를 들려준 건 너였기에
나는 너에게 내 시작을 주려 해

내 울음도 행복이 되기를
울음 속에 사랑이 있기를
네 숨소리에 나도 담기를
그리고 새로운 시작을
행복하게 맞이하기를

우리의 2025년 새로운 시작

수의 향연

뭐가 그리 바빴는지
손때조차 묻지 않은 마지막 장
괜스레 벅찬 눈으로 마주한
새 종이 냄새를 풀풀 풍기는 첫 장

아직은 길이 안 들어 빳빳한 종이 사이사이
켜켜이 쌓인 숫자들에게

현재와 멀어지면 멀어질수록
벅찬 무한함을
현재와 가까우면 가까울수록
뻔한 고루함을 건넸을 뿐

당신을 맞이한 순간
눈앞에 펼쳐진 건
멀지도, 가깝지도 않은
오늘을 나타내는 숫자

사랑이 들이찬 순간
심연에 파고든 건
매 순간이 새로운 시작임을 연주하는
째-깍

겨울 다음 해가 돋는다

여전히 초봄에 대해선 초연하다

전학 전 남기고 간 친구의 짤막한 적막처럼
시간에 한정된 가냘픈 영원만 남는다

꽃들의 회귀율은
서로가 만날 횟수를 야기시키고

과묵했던 겨울 곁에서
떠들썩해질 정월이 꿈을 꾼다

(安廷)

우리 모두 자신만의
바다를 그려내고 있다

"네가 생각하는 미래를 표현해 봐."
나는 가장 어두운 검은색을 골라 흩뿌렸다.
"네가 미래에 느낄 것 같은 감정들을 표현해 봐."
슬픔의 파랑, 공허함의 하양을 가져와 또다시 흩뿌렸다.

"미래에 이 색들이 공존할 것 같다는 거지?"
나는 고개를 끄덕였다.
"그럼 이 붓으로 한번 섞어봐."
그는 커다란 붓을 내밀었다.

조심스럽게 섞기 시작했다.
툭, 색이 멋대로 튀었다.
지우려 다가갔지만, 그 색들은 덜 섞인 채 오묘한 빛
을 내고 있었다.

검정과 파랑은 무게 있는 바다를 닮아갔고,
하얀색 방울들은 그들 위에서 생기 넘치는 파도를 만
들어냈다.

나는 붓을 내려놓고, 손과 발로 마음껏 색을 펼치고
흩뿌렸다.
충동적이었다. 하지만 그러고 싶었다.
그렇게 한참이 지나고,
이유 모를 눈물과 색으로 얼룩진 얼굴을 한 채
가쁜 숨을 몰아쉬며 뒤로 물러섰다.
그리고 그 자리를 바라보았다.

헤집어 놓았던 색들은 마치 거대한 바다처럼 포효하
고 있었다.
틀에 갇히지 않은 색들이 각자의 모습을 당당히 드러
냈다.
그 자유로움이 너무도 아름다웠다.

우리는 차갑고 외로운 세상 속에서,
밝은 감정을 잃어가고 있는지도 모른다.

저기 저 행복해 보이는 사람들과 자신을 비교하며,
꺼진 화면 속 나의 모습이 하찮게 느껴질 때도 있다.
"왜 이렇게 살아왔을까?" 자책하며 홀로 긴 어두운
밤을 지새우기도 한다.

하지만 우리는 잊지 말아야 한다.
그 속엔 나 자신이 정말 잘 되길 바라는
애정 어린 사랑이 깃들어 있음을.
우리는 지금껏 열심히 살아왔고, 앞으로도 살아갈 것
이다.

때로는 멀찍이 삶을 바라보자.
삶에 깃든 모든 정서와 시간이 한데 섞여
파도처럼 부서지고 굽이치며,
마침내 거대한 바다라는 작품으로 완성되어 가고 있
음을.

다이어트

아름다움의 시작
가벼움의 도전
끊임없는 나와의 싸움

변화되는 눈금
달라지는 외모
새로워진 마음

아침에 일찍 눈을 뜨고
조금 더 움직여
운동의 즐거움
건강의 아름다움

새로운 나를 만난다는 설렘으로

네게 깜짝선물 줄게.

새롭게 변한 나야

꿈꾸는 도서관

1월 1일 새해에는
아이들에게 꿈을 주기 위해
삶이 행복하다고 말해주고 싶어서

너의 손을 꼭 잡고
매일 그곳으로 향한다

역사가 있는 곳
꿈이 살아 있는 곳
글이 숨을 쉬고 있는
마음의 놀이터에서

상상의 영화를 보고
설렘이 가득한 곳

새로움이 가득한 곳에서
꿈이 시작되고
행복을 꿈꾸고
미래의 주인공이 되기 위해

매일 그곳으로 발걸음을 옮겨본다
너의 새로운 시작을 응원해

새로운 시작

끝이 오길 바란 시작의 한 자락
아련한 그리움은 더해가고
진한 향기가 코를 자극하지만

떨쳐내야 나아갈 수 있기에
새벽 창가의 창을 열고
크게 한숨 들이쉰다.

시원함이 폐 속으로 들어가
가슴속까지 차가워져
온갖 잡다한 생각들을 씻어내고

한숨 두 숨 점차 정화되는
가슴속 마음들을 정리하고

또 다른 시작을 준비한다.

너를 위한 시간이 아니라
나를 향한 시작의 출발선 위

그 발걸음을 조심스레 내딛는다.

시작의 선 어딘가...

우리의 2025년 새로운 시작

그 마음

두고 가려 하니 마음이 아려온다.
나아가려 하니 두려움이 앞선다.

길게 늘어뜨린 실타래가
다시 뭉칠까 조심스레
손으로 둘레둘레

이번에는 아니길 바라본다.

지금의 두려움도 이겨 낼
단단함으로

어떤 시련에도 나아갈
강인함으로

녹지 않는 그 마음이 되려
더 차가운 심장으로

나를 위한 순간을 위해...

새로운 마음과 도전

어떻게 아침의
해가 뜨는지 알 수 없으니

그 무엇보다
새로운 다짐을 하니

마음을 다잡고
계획을 세우니

도전은 언제나
마라톤처럼 달려갈지라도

새 마음과 함께면
새로운 출발이라

마음가짐과 함께

한 칸의 마음을
비우면

밝은 한해가
오리니

마음에게
마음으로 전하니

새로운 시작이니
자신에게 말하면

과거는 생각 말고
새로운 출발을 해보라고

답하리니

마음가짐이 아름답게
비추리라

담는 대로 모양이 되는 것 앞에서

오늘을 지독하게 살았으면서도 오늘이 사무치게 그리웠다. 지루함을 외면서도 다시는 못 볼 하루에 애도를 표했다. 그럴 때면 너는 항상 동그랗게 걸었다. 직선밖에 없는 시간을 영원의 모양으로 돌면서 동그란 것들을 말하기 시작했다.

그거 알아? 직선은 아무것도 담지 못해. 고개를 숙여본 적이 없거든. 무엇을 담으려면 고개를 숙여야 하는데 말이야. 그래서 나는 동그랗게 걸어. 동그란 것들은 곡선이라 수많은 것들을 주워 담을 수 있어.

있잖아, 그럼 우린 무엇을 향하는 걸까?

향하는 것이 아니야. 지나가는 거지. 잠수함은 심해를
향하지 않거든.
그저 파란 속 걸려 넘어진 물고기들을 훑으며 지나갈
뿐이야.

하지만 결국 달은 저 너머로 향하고, 눈은 녹는 것들
을 향하잖아. 올해마저도 내게 남은 것이 없어. 모조
리 다 무언가를 향할 뿐이야. 그래서 무서워. 네가 동
그렇게 입을 오므려 말했던 단어들도 사라지면 어떡
하지? 사랑, 영원, 평화 이런 것들 말이야. 불행과 폭
력은 너무나도 네모난 말들이라 뾰족한 각에 긁힌 손
가락들의 피가 멈추지 않아.

나는 하나 남은 새끼손가락을 네게 펴 보였다. 너는
또다시 입 모양을 동그랗게 벌렸다.

은방울꽃의 꽃말을 알아? '틀림없이 행복해질 거예
요.'라는 의미래.
너는 틀림없이 행복해질 거야.

'행복'과 '틀림없이'라는 말이 함께 있을 수 있는 거야?

너는 차마 그 질문엔 어떤 답도 할 수 없다는 듯 바라봤다. 그리고 동그랗게 묶은 은방울꽃 반지를 내게 건넸다. 나는 조용히 새끼손가락을 펴보았다.

나는 안다. 틀림없이 행복해진다는 말은 존재할 수 없다는 것을. 결국 이 은방울꽃도 시드는 세상이란 것을. 그러나 연말과 새해라는 말은 얼마나 편리한가. 그 말들은 담는 대로 모양이 생긴다. 별을 따다 준다는 말이 되기도 하고, 영원히 사랑한다는 말이 되기도 한다.

네 동그란 말도 연말과 새해의 곱하기 속에서 어떤 모양이 되었겠지.
거꾸로 지는 노을을 신이라 생각하며 맹세했다.

낡히지 않은 새끼손가락에 의지를 두고 다시 한번 더 일 년을 살아가겠다고.

깊은계절

계절은 바뀌고 순환하여 깊은 계절로 들어섰다.

그 깊은 계절로 차마 날 집어넣을 수가 없어..

나의 생은 너의 생보다 시곗바늘이

더 빠르게 돌았기에,

나의 몫은 얼마 남지 않았다.

나의 몫이 얼마 남지 않은 것을 알기에,

시곗바늘을 거꾸로 돌릴 수 없음에,

빠르게 도는 나의 시곗바늘에 순응한다.

나는 그저 오늘을 내일인 양 새로이 살아보련다.

작지만은 않은 의미

하얀 눈이 녹고 나면
푸른 새싹 돋는다지만
시간이 잔인해
책임만 늘어났다

미운털이 박혔다면
고운 털도 난다지만
세상이 무심해
난 작아져만 간다

이런 내게 해가 바뀐다는 건
달라지는 거 하나 없이
여러 숫자만 커지는 순간이야.
하지만

시간에도 끝이 있다는 게,
거슬리는 실수와 후회들
번지도록 지울 필요 없이
흰 종이 새로 꺼낼 수 있다는 게,

고생한 우리에겐 작지만은 않은 의미.
새해가 내게 심심한 위로와
쓸쓸한 인사를 건네온다.
굿바이 2024, 안녕 2025.

온

사람이 된 내일이

나에게 걸어왔다

어스름히 밝아오는

새벽을 입고 있었다

살며시 손 흔든 나에게

옅은 웃음이 말했다

너라서

왔다

날 알아보는 반가움이

나에게 왔다

내민 손을 잡았다

지그시 잡힌 아침이

촘촘히 뜨거웠다

숨통

내가 그토록 헤매야 했던 이유는
나의 우주가 사실 당신의 공간이었음을
우리는 처음부터 사실 품어진 관계임을
몰랐기 때문일 것이다

정말 당신은
꺼져가는 나의 숨통을
기꺼이 묶지 않고
다시 한번 기회를 주고야 만다

우리가 나아갈 길의 시작점에서
혀끝에서 내뱉은 눈물만큼이나
다듬어 흩어지는 하얀 첫 숨소리를 불 때

부서지지 않는 결정과
붙들린 약속과
기꺼이 지는 사랑과
꽃을 볼 수 있는 겸손과
결국 이기는 순종이

평생 머금을 숨통이 되어
허한 입천장을 밀어낸다

신호등

너와 나 사이
하얀 블록 앞에서
우리는 또 멈춘다

내가 건너갈까
네가 건너올까

지난번에는 빨간 불이라서
이번에는 신호를 못 봐서
다음에는 또 어떤 이유로

어쩌면 평생 건너지 못할지도 몰라
우린 언제쯤 나란히 설 수 있을까

도망치는 게 편한 너라서
이제는 양보하기 싫은 나라서
그저 겁이 많은 우리라서

그러면 이렇게 하자
나는 하얀색을 밟을 테니
너는 검은색을 밟고 오렴

별것 아닌 몇 단계를 눈앞에 두고
그 첫걸음이 두려운 우리는

또 다음 신호를 기다리는 거지
결국 만나면 되는 거지
그런 거지

우리의 2025년 새로운 시작

새로운 시작의 소망

뒤돌아볼 여유 없이
조금의 쉼조차 없이
어느새 지나간 나날들

새로운 시작을 앞두고
모두를 위해 두 손을 모아본다.

저무는 해의 소망은
모두가 미소 지었던 한 해였기를

새해의 소망은
모두가 미소 짓는 한 해가 되기를

그리고 나를 위해 두 손을 모아본다.

희망찬 매일을 살아가기를

더 단단한 내가 될 수 있기를

일출과 일몰 사이

남은 것이 보이지 않는 절벽
끝자락은 신발처럼 파인 지
오래, 파도는 잘 있다고 말하듯
그날의 기억과 함께 부딪힌다

무엇을 위하여 이들을 실었는지
언제 실렸는지는 아무래도 좋다
말하듯 올라오는 비릿한 내음이
하늘의 윗부분까지 물들이고 있어

토끼처럼 빠져나가는 종이 속
내용을 쫓는 무딘 끝의 갈고리를
잇는 질문의 색은 투명한 그물 빛
속으로 보이는 것은 론도, 혹은 듀엣

어째서 새롭다고 불려야 하는지를
시작과 끝의 거리는 얼마가 적당할지를
새로움과 루틴의 기준이 무엇인지를
지금을 찾는 것들은 말해줄 수 있을까

충격음에 삼켜지지 않을 크기로
투명함이 피에 먹히지 않을 정도로
평행한 듯 교차하는 순간을 유지하면서

우리의 2025년 새로운 시작

no suprises

겨울이 끝나갑니다
별 놀랍지 않은 계절입니다

매년 찾아오니깐요
매년 이맘때쯤이면
한 번 더
눈이 오니깐요

올해도 그러려니 합니다만,
매년 저를 뭉그러뜨리는 어떠한 우연은
새로운 시작이 항상 물고 옵니다

그래서, 그런 건가 봅니다

항상 놀라버리는 겁니다

뻔히 보이는 빙판길에
매번 미끄러져 넘어져 버리는 겁니다

어렸을 땐 넘어져도 일어서면 되겠지
하고 생각했던 게

피가 흐르는
무르팍을 껴안고

엉엉 울고 있는 꼬마의
울음소리가 커져만 가는 게
참 부러워지는 게 말이죠

넘어지면서도
저 먼 앞을 바라보고

허공의 갈퀴를 붙잡아보려
휘두르는 그 손짓이

그렇게 얄미우면서도
부러워지는 거 있잖아요

망울망울 눈물을 흘리는 게
어쩐지
너무 참기가 힘들어서

목을 확 조르고,
다리도 부러뜨려버릴까

움직이지 못하게
내 옆에 꽁꽁 묶어둘까

그런데 누워있는 몸은 움직일 생각도 없는 게
저 꼬마도 곧 나처럼 되겠죠

피도 멎고, 멍하니 텅 빈 머릿속만 바라보며
도착점은 고사하고

시작점에도 서지도 못하는
그런 흔한 사람이

그게 참 꼴이 좋은 거에요

다시 핀 촛불 하나

시린 손 움켜쥔 촛불 하나로
심판을 받는 그 순간이 오기까지
부끄러운 자신조차 돌아보지 못하고
촛불 켠 소망도 듣지 않는다.

한 사람의 바람이 소중했다면...
한 나라의 희망이 간절했다면...

그럴 수는 없었고...
그래서는 안 됐다...

한 사람의 촛불을 깨달았다면...
한 마음의 불꽃도 바라봤다면...

못했어도 됐지만...
몰라주면 안 됐다...

침묵 속 피어오른 꽃 한 송이가
아름다운 향기로 퍼져 갈 때까지
손 모은 마음과 기도 안에서
새로이 다시 피는 촛불이 되길

먼저 안 하늘이 열어주면 좋겠고...
높이 든 촛불이 시작이면 좋겠다...

포레스트 웨일 공동 작가

우리의 2025년 새로운시작

초판 1쇄 발행 2025년 01월 08일
초판 1쇄 인쇄 2025년 01월 08일

지은이   꿈꾸는 쟁이 | 이지현 | 잔월 | 김원민 | 김예빈 | 사랑별 | 오렌지옴
조현민 | 문병설 | 숨이톡 | 강금주 | 최이서 | 장서진 | 이상현
김성환 | 신희연 | 안세진 | 솔트(saltloop) | 이소현 | 박지연 | 강서율
오투 | 최영준 | 김태은 | 달맞이꽃 | 한라노 | 사랑의 빛 | 0526
김채림(수풀) | 윤혜린(주변인) | lilylove | 한민진 | 이겸 | 미호
서리 | 무비 | 백현기 | 최유리 | 안정(安廷) | 새벽(Dawn) | 은지
태닛시 | 이무늬 | 김다인 | 아낌 | 박주은 | 윤현정

표지 그림   하늬별 @hanui_star
디자인   포레스트 웨일
펴낸이   포레스트 웨일
펴낸곳   포레스트 웨일
출판등록   제2021 - 000014 호
주소   충남 아산시 아산로 103-17
전자우편   forestwhalepublish@naver.com

전자책   979-11-93963-82-1
종이책   979-11-93963-83-8

작가님들과 함께 성장하는 출판사
포레스트 웨일입니다.
작가님들의 소중한 원고를 받고 있습니다.
forestwhalepublish@naver.com